殷倪到底有没有确切地爱过她，
于岑蝶而言，全凭自己的猜想，
既无从考证，也没有什么分别。
但没有关系，
终究，一切都会湮灭在记忆里，
哪怕爱这么短，
而遗忘却是这么长。

大鱼

有爱的青春陪伴者

木甜／著
蝴蝶来信
江苏凤凰文艺出版社
JIANGSU PHOENIX LITERATURE AND ART PUBLISHING

图书在版编目（CIP）数据

蝴蝶来信 / 木甜著. -- 南京 : 江苏凤凰文艺出版社, 2024. 12. -- ISBN 978-7-5594-9065-0

Ⅰ. I247.5

中国国家版本馆CIP数据核字第2024H3L341号

蝴蝶来信

木甜 著

责任编辑　王昕宁
特约编辑　娄　薇
出版发行　江苏凤凰文艺出版社
　　　　　南京市中央路165号，邮编：210009
网　　址　http://www.jswenyi.com
印　　刷　天津睿和印艺科技有限公司
开　　本　880mm×1230mm　1/32
印　　张　9
字　　数　185千字
版　　次　2024年12月第1版
印　　次　2024年12月第1次印刷
书　　号　ISBN 978-7-5594-9065-0
定　　价　42.80元

江苏凤凰文艺版图书凡印刷、装订错误，可向出版社调换，联系电话025-83280257

目录

目录

第一章

坠落

从遇见你的那一刻起，我就像是被折断翅膀的蝴蝶，渐渐忘记挣扎飞行的感觉，心甘情愿地坠落。

——岑蝶

01

岑蝶第一回见到那个男人，是在一个深夜。

此时，正值入暑时节。

虽是晚上，空气里依旧充斥着闷热因子，难以消散。

最近便利店人手不够，只能安排一个人上夜班。

正是补货时间，搬货、理货都得靠一个人来完成。

岑蝶刚刚上手这份工作，动作并不熟练。加上她人生得瘦弱，那些货箱重得要命，她得憋足劲才能抬起来。从便利店里头的小仓库搬到外面货架，短短十来步路，加上三级台阶，她已经是满头大汗，面色通红。

“咚！”

岑蝶将箱子放到冰柜前，直起身，擦了擦汗。

她没立刻动手理货，而是先拉开冰柜门，将脸伸进去降温。

便利店二十四小时开着空调，但这会儿就显得有些不够用，到底是不如冰柜里的冷气来得猛烈直接。

凉爽感觉迎面而来，岑蝶舒服得低低喟叹一声。

倏地，身后传来很轻很轻的笑声。

她吓了一跳，骤然回头。

猝不及防，撞入一双凌厉的眼眸之中。

不知道什么时候，店里进来了人。

这家便利店虽然和别家一样是自动门，却没有开关音乐，开关门动静也不太大。

岑蝶完全没意识到有人进来。

此刻，男人正斜斜地靠在收银台边，目光穿过货架，定定落在她身上。

两人对上视线。

男人语气略有些轻佻，开口：“没人看着外面，不怕被偷东西吗？嗯？”

岑蝶回过神来，有些羞愧，脸颊“唰”地再次烧得通红。

她嘴唇动了动，嗫嚅了一句“不好意思”，连忙关上冰柜门，三两步走进收银台里。

这下，距离拉近到不过一臂，她将这男人看得更加清晰。

男人个子很高，一米八五往上，比岑蝶高了大半个头。他体型是匀称偏清瘦那一类，肩宽腰细。

灯光下，皮肤很白，眉眼深邃。

五官组合在一起，精致俊朗，称得上一句面如冠玉，极是迷人。

他穿了一身简单的白色衬衫，没有LOGO。袖口往上折了两折，挂在小臂上，露出一截手臂。领口处解开两个纽扣，显得没有那么正式。

因此，一眼也看不太出具体年龄，可能二十四五岁。

他整个人，用简单的“帅”似乎不能完全概括，有种雪山一样高不可攀的冷冽矜贵气质。

偏生，身上又带了丝酒气。

一举一动间，露出几分散漫不羁来，像是权贵人家的风流小少爷，刚从灯红酒绿中退场而来。

搁古代小说里怎么说来着，就是那种写意风流的小侯爷。骑马观尽长安花，能引得姑娘们红着脸丢香囊给他。

岑蝶从没见过这般气度的男人，只一眼，便怔愣在原地，傻傻盯着他看了好久。

男人又笑了笑，指腹抵着太阳穴，揉了几下，这才再次温声开口，打断她呆滞目光：“拿一盒烟。万宝路爆珠。”

“哦……哦，好。”岑蝶回过神来，应了声，连忙转过头，去香烟架子上找万宝路。

但找来找去，都不见有这个牌子。

好半天，她才对男人说道：“那个，我们这里好像没有卖万宝路。”

男人：“有的。在下面的柜子里，你找一下。”

他指了个方向，熟门熟路的。

岑蝶讷讷点头，顺着他指点，拉开柜门，果然成功找到另外几条烟。

大概是因为进口烟，才没放到架子上。

“蓝色的那个。”

男人睨一眼，继续指点。

等岑蝶拿出烟盒，往收银机里输入价格时，他才又问道：“小朋友，新来的吗？”

岑蝶心脏重重一跳，慌乱点头：“啊，对的，我这周一才来。实在不好意思，耽误您的时间了。”

男人从口袋里摸出钱包，放了张纸币在桌上，接着，随口说了句：“怪不得之前没见过你……你们店长怎么能让小朋友一个人上夜班呢。”

声音十分温和。

语速也是不紧不慢。

总之，听不出什么醉意，也收敛了第一眼时那般凌厉意味，减弱了几分距离感。

闻言，岑蝶便垂下眼，不自觉抿了抿唇。

这男人这么说，她难免疑心他会去找店长告状，害得自己工作不保。

虽然他看起来并不像会是多管闲事的人。

但这份兼职，于岑蝶而言，实在太过重要，容不得任何差池。

她深吸一口气，下定决心，将烟和整钞一起递还给他。

“对不起，先生，我刚刚确实是走神了，没有注意您进来。烟算我请您，求求您，这件事不要和店长讲。”

如果被店长知道，毫无疑问，她肯定会被辞退。

事实上，能在这家便利店做暑期兼职，也是岑蝶百般恳求来的。

因为她是女生，上夜班不安全，而且搬货也困难。起初，店长并不愿意用她。

岑蝶不屈不挠地说了很久，加上这家店稍有些偏僻，在富人区，住户大多私家车出入这片区域，周边没有可以直达的地铁，公交车站也要走一段路，少有学生兼职愿意来这里。

店里一个正式员工离职后，人手一下子就短缺下来，一时半会儿也招不到更合适的人。

最终，店长还是决定给她一个机会试试。

所以她绝对不能被挑出错来。

“……求求您。”

岑蝶低声下气地重复道。

男人有些讶然，扬了扬眉，却并没有接过钱和烟。

他问：“为什么？”

“什么为什么……”

“你为什么觉得我会去告状？”

岑蝶摇了摇头，没看他，视线还是落在自己手上，坚定地答道：“我并没有那么觉得。但是必须要以防万一。”

男人笑起来：“小朋友还挺谨慎的。放心吧。不过下次还是要小心点，晚上一个女生在这里可不安全。”

说完，他将烟盒从她手中抽出来，撕开包装，拿了一支，咬在唇间，声音因而也变得含糊起来：“何况，还是个漂亮的小朋友。”

男人离开便利店，身影没入夜色之中。

岑蝶站在原地，努力伸着头，注视着他的背影。

烟雾悄无声息地氤氲开。

微弱，缥缈。

让这道清瘦颀长的身影平白生出几分超脱于世的禅意来。

岑蝶疑心，刚刚这一出，是不是根本就是自己的幻梦一场。

上了一整周夜班，岑蝶习惯了昼伏夜出的作息，也逐渐习惯做各种重活和一个人看店。

晚上顾客少，店长知道一个人夜班难熬，趁着晚上交接班，偷偷把店里的监控死角告诉她，嘱咐她没事情时，可以躲在角落玩手机，或者坐着休息会儿。

但仅有一点，绝对不能打瞌睡。

“……你要是实在困，就自己弄杯咖啡喝。别的都没什么，睡着了，万一有人进来把你拖走，你都来不及反应。”

岑蝶当然是郑重应允。

“店长放心。”

说完，见店长换掉衣服要走，她顿了顿，没忍住，悄声问了一句：“店长，你认识我们店里的一个顾客吗？”

她将那夜那个男人的模样描述了一下。

“……他知道万宝路放在哪里，是老顾客吧？”

店长几乎没有丝毫思索：“你是说段先生？”

“段先生？”

岑蝶微微蹙起眉。

店长：“嗯，就隔壁小区的业主，姓段。开迈凯伦超跑的富家子弟，偶尔晚上或者凌晨会来买水买烟。很帅是吧？去年，咱们店里有个兼职小姑娘很迷他，问人要了联系方式，结果没几天就不做了，也不知道是不是和他有关系……”

店长絮絮叨叨地八卦了几句，还有些意犹未尽似的。

但时间已然不早，他家里人等着他吃饭，实在顾不上多聊，便匆匆离开，留下岑蝶一个人结了几单。

外面不再有人进来。

她松口气，靠到墙边，目光则是遥遥地穿透玻璃门，落到室外，怔怔出神。

路灯将路面打得明亮。

更远处，低矮房屋隐没在光线背面，身处阴影中，像是黑夜里的巨兽，张牙舞爪。

岑蝶不知道迈凯伦是什么车，却知道隔壁是什么地方。

这里是富人区，区域所有房子全部是大别墅，连绵过整条路。里头的房价，在初开盘时就创下全市楼盘单价新高。

能住在这里的人，非富即贵。

和他们这种普通人，大概是云泥之别。

这般想想，倒是也符合那个男人的气质。

好巧不巧，第二天晚上，那个男人再次出现。

这回，他刚刚走到自动门外，岑蝶就注意到了。

她站起身，瞥了眼墙上时钟。

十二点半多。

比那天略早了些。

岑蝶深吸一口气，双手不自觉背到身后，用力交握在一起。整个人姿势僵硬，倒像个被老师罚站的小学生。

说不清为什么，见到他，她心里就有些惴惴，还有些说不清道不明的感觉，连自己都无法分辨。

男人脚步一顿，倏地，眼里浮起笑意："是你。"

"……啊。晚上好。"

他点点头，回了一声"晚上好"，再去货架上拿了一瓶依云矿泉水，放到收银台。

他开口："拿包烟……"

话还没说完，岑蝶早已经将万宝路从柜子里面拿出来，期期艾艾地示意给他看。

男人"嗯"了一声，低头，视线落到岑蝶胸口的名牌上。

"岑蝶……是真名吗？"

男人声音低沉，带着一点点沙哑，无端生出几分轻佻味道来，仿佛情人间的低喃。

"岑蝶"这两个字在他唇齿勾缠半秒，再念出来，叫人听了面红耳热。

岑蝶点点头。

男人："名字很特别。"

说完，他掏钱的动作一顿，又折返回货架，去拿了一瓶咖啡，放到依云旁边。

"一起结。"

岑蝶给他结完账，再拿找零给他。

这年头，倒是少有年轻人用现金了。他到底多大？

她脑海里闪过一个念头。

然而，转眼的工夫，男人已经走到了便利店门口。

“咖啡请你喝。下次再见。”

他留下一句话后，头也不回地离开。

岑蝶低下头，这才注意到咖啡瓶底下还压了一张卡片。

她将卡片抽出来，看了一眼。

是一张名片。

不知道是用什么材质做的，比普通名片卡稍硬一些，但拿着并不重，轻飘飘的，像是羽毛坠在她心尖上。

名片上只印了两行，一点都不花里胡哨，看起来低调又内敛。凑近，能闻到一抹淡淡薄荷香，若有似无。

字体好像是楷体，笔画流畅，显得没有那么规整。

段沉

Mob：139××××××06

岑蝶指腹捏紧名片，在心里默念几遍。

原来段先生是这个段。

原来他叫段沉啊。

…………

观察一阵后，岑蝶发现，段沉并不只在深夜出现。

偶尔，晚上十点多，她刚刚交接班，他就会出现在门口，或是买一包烟，或是买一瓶水，抑或是买几听啤酒之类。

见到她，他会朝她笑笑，说一声“晚上好”。

明明已经互相交换过名字，他也不叫岑蝶本名，只喊她“小朋友”，语气很是随意。偏生，又因为这两个字而显出几分亲昵意味。

但他也不是每天都来。

在段沉没有出现的日子，岑蝶会想，今天，他是不是早就来过了，只是自己还没有开始值夜班，所以没能遇上。

他是下班路过吗？是做什么工作的呢？

名片上没写，难道只是游手好闲、沉迷烟酒享乐的富二代？

看起来完全不像。

而且，住在这种地方，家里是不是应该有阿姨、司机之类帮忙采购，为什么他会自己来买东西呢？连个保镖都不带？还是说，有钱人家也这么接地气？

还有，为什么会给她名片呢？

是某种社交礼仪吗？

……总之，对于刚满十八岁的女生来说，段沉的一切都令人觉得好奇。

在大多数时刻，岑蝶心里都很清楚，自己会产生诸多猜测，这个行为本身就非常危险。

一不小心，可能就要掉进深渊中，粉身碎骨。

可是她控制不住自己。

进入七月下旬，又是新一年盛夏季。

算算时间，岑蝶在便利店这份兼职刚好做满一个月。

店长对她还算满意，将工资打到她工资卡上，又鼓励了几句，这才下班离开。

岑蝶做好交接，结束忙碌。

一抬眼，竟然已经将近晚上十一点半。

外头，除了夏日永不停歇的蝉鸣鸟叫声，空气好像逐渐沉寂下来。

她长长松了口气，人靠到柜台上。

倏地，手机在口袋里剧烈响动起来。

岑蝶心头一跳，条件反射先拧起眉，顿了顿，才将手机摸出来，低头扫过一眼。

来电显示“张晴”。

果然。

岑蝶不想接，握着手机，任凭它在掌心响动不断。

好半天，动静终于停下。

然而，只刹那，又再次响动起来。

对方似乎不甘罢休。

岑蝶无可奈何，垂下眼，指尖轻轻碰了一下屏幕上那个绿色接听键，再将手机举到耳边。

“……妈。”

张晴那头十分嘈杂，间歇，还有“哗啦哗啦”麻将牌互相碰撞声。

她一边垒牌，一边劈头盖脸地问道：“刚刚怎么不接电话？”

岑蝶：“在打工。”

张晴的语气算不上太好：“晚上又没什么人的咯……你工资发了没？快转点过来，妈给你保管，等开学了再给你。小孩子家家的，手上不要留那么多钱。”

她这是卡着点来的。

许是被这燥热天气影响，陡然间，岑蝶生出满腔怨气。

她攥着拳，沉声开口道：“现在给你的话，开学还能有钱交学费吗？”

似是没想到这个答案，张晴愣了愣。

下一秒，她猛然抬高声音：“岑蝶，你这是什么意思？意思是我还要贪你这点兼职工资咯？”

“那不然呢。”

岑蝶轻轻嗤笑一声。

十几年来，张晴每天打麻将十个小时，算得上是沉迷此道、不务正业。至今，还没有走到岑忠那般境地，大抵只是因为她赌得还不够大，且偶尔赢钱。

只是，输多赢少。

作为女儿，岑蝶从小便受了不少苦，但小时候是没办法反抗，现在，她不得不为自己反抗一回。

“钱我是不会给你的。时间不早了，妈，你还是赶紧回家休息吧。”

说完，岑蝶立马挂断电话，顺利将张晴的厉喝声截断在电波彼端。

想了想，她干脆将手机关机。

她深吸了一口气。

距离开学还有一个多月。

就这样吧。

等暑假一结束，她赚够学费，就能离开这里去上学了。

岑蝶抿着唇，随手把手机丢进口袋。

一抬眼，恰好，又撞入一双凌厉的眼眸中。

段沉正靠在玻璃门上，若有所思地看着她。他的表情似笑非笑，和两人第一次见面时一样，极具距离感。

岑蝶怔愣半秒，脸颊“唰”地变红。

他是什么时候进来的？

这通电话，他听到了多少？

岑蝶不想细思，动了动唇，嗫嚅：“……晚、晚上好。”

段沉只“嗯”了一声，算作回应。

岑蝶：“还是万宝路吗？”一边问，一边已经弯下腰，去拉底下的柜子。

段沉出声，打断她的动作。

“今天不用。”

说完，男人敛起表情，直起身，朝她招招手。

岑蝶有些不明所以，眸色染上几分诧异，人却是站在收银台里，一动没动。

段沉笑了笑，收回手，不再示意她，自己迈开步子，到桌边坐下。

为了方便顾客，店里靠窗位置装了一张长桌，桌边摆了三张靠背木椅。平日里，顾客若是买了盒饭、小吃之类，就可以坐在店内就餐。

木椅高度有限，段沉个高腿长，坐在上头，显得不是那么舒展。但偏偏，他气质卓然，姿态又坦然随意，愣是将环境都衬得矜贵了几分，似是连周身空气都跟着一同在适应他。

“怦怦、怦怦……”

岑蝶被男人这番模样迷了眼，心跳加速，不受控制。

段沉从口袋里摸出一包烟，拿了一支烟夹在指间。

或许是顾虑到在室内，他并没有点燃烟，只有一下没一下地把玩着。

半晌，他开口：“岑蝶小朋友？”

“啊、啊……”

听他这么喊，岑蝶手指都不由自主地蜷缩起来，反应又开始呆呆愣愣。

段沉：“你多大了？”

岑蝶不知道他为什么忽然好奇她的年龄，但还是乖乖作答：“十八岁……”

段沉牵起唇角，眉眼含了点笑："十八岁？那就是高中刚毕业？暑假兼职？"

岑蝶点点头。

"住在附近？"

"……没。挺远的。"

"嗯？我记得，你们这一班要上到早上？每天怎么回家呢？"

岑蝶的睫毛上下扇动几下，声音低了几度："可以搭首班公交车，然后去换乘地铁。"

虽然波折了些，但便利店夜班兼职工资高，习惯了，就不嫌麻烦。

更何况，因为岑忠，她好像也没法去做其他兼职。

闻言，段沉倒是轻轻"啧"了一声，感慨："还挺麻烦。"

岑蝶很想告诉他，这就是碌碌众生，是贫穷生活的常态。

但在段沉面前，她又不想讲得这样直接。

至少，保持一点点脸面吧。

要不然，会让她的痴心妄想，变得更加愚不可及起来。

段沉倒是没什么深究之意，说完这一句便不再开口，只捏着烟，视线落到玻璃外，薄唇抿成一条直线，似是在思考什么要紧事。

但毫无疑问，与这场闲聊无关。

岑蝶没打扰他，拣了个监控死角的地方，也悄悄坐下。因为不敢明目张胆地注视对方，她只能用余光静静凝视他的侧脸，随之陷入沉思。

店内气氛静寂许久。

转眼，十二点钟声敲过。

段沉站起身，漫不经心地动了动手，将椅子复原。

他说："走了。"

他今天什么都没买。

好像只是专程来逛一圈，和她说几句话而已。

但一切又是那么刚刚好，因为他的出现，岑蝶没有陷入与张晴吵架的纠结难受之中无法自拔。

骤然间，岑蝶仿佛被鬼迷了心窍，开口喊住他："段先生！"

段沉停下脚步，回头。

"嗯？"

岑蝶迟疑片刻，声音顺势低下来："你明天晚上还会来吗？"

段沉笑了一声："怎么了？"

岑蝶："没、没什么。就是……上次多谢你，我拿到兼职工资了，想请你吃饭。"

她随便想了个借口。

可能压根也不是借口。

只是鼓起了勇气。

段沉："哦？那今天不行吗？"

"啊、啊，今天吗？"

岑蝶一愣。

段沉抬起手，看了眼手表："你几点下班？"

“六点半。”

“那一起吃个早饭吧。六个小时后，我过来找你。”

说完，他朝岑蝶摆摆手，径直离开，身影不紧不慢地融入夜色之中。

02

因为这个约定，夜晚时间顿时变得短暂。

这六个小时里，岑蝶没有丝毫困顿感，只觉得精神好得不得了。等货车抵达门口，给仓库加完货，再整理好货架，也不过才四点出头。

她简直恨不得爬上墙，直接去将时针拨到“6”。

幸好，待朝云叆叇时，在岑蝶殷殷期盼目光，交接班的同事终于来到店里。

“早啊。”

“早上好。”

岑蝶脱下工作服，给了对方一个大大的微笑。

同事有些惊讶，笑道：“到底是年轻人，熬夜精神也这么好。”

岑蝶来不及解释，目光已经瞥到外面那道身影。

段沉正站在马路对面抽烟。

他似乎刚洗了头，还换了一身衣服，短袖运动裤，看着十分随意自在，显得年纪小了不少，像个出来晨跑的大学生。

这样看，他好像能符合所有关于美好的幻想。

岑蝶连忙拿起包，冲着同事摆摆手。

“我先走啦！”

她头也不回地奔出去，迎着晨曦，往段沉那里跑去。

距离不远，段沉很快就看到她。

小朋友真像只小蝴蝶一样，浓密睫毛上盛了晨露，步伐轻盈又漂亮，飞过来的模样，叫人渐渐迷乱了眼。

他将烟按灭，开口：“慢点跑。小心。”

声音听着有一点点沙哑。

语气称不上多熟稔，只像是个长辈，如沐春风似的。

大抵是因为走出那个小店，见到天光，两人也不再是收银员和顾客的关系，无端地，岑蝶的胆子变得大了几分。

她在段沉面前站定，仰起头，抿着唇笑了一下，小心翼翼地问：“段先生，你多大了……我该怎么称呼你呢？”

那张名片上没有写。

应该可以问吧？

不算逾矩吧？

毕竟，他昨天也问了她年龄，理应有来有回才是。

岑蝶在心里说服自己。

闻言，段沉眯了眯眼睛，没说话，径直转过身，迈开步子，领着她往别墅区外走。

走出二十来米，他才温声作答：“二十七岁。你可以叫‘段叔叔’‘段哥哥’‘段先生’，或者直接叫全名，都可以，随便你。”

岑蝶有些惊讶，瞪大眼睛：“二十七岁？好年轻啊。”

虽然他长相确实就二十多岁的模样，气场却过于凌厉了些。外表再玉树临风、再温润如玉、再光风霁月，也难掩他身上那种上位者气势。

听她这样小声嘟囔了一句，段沉忍不住笑起来。

“在十八岁的小朋友面前，哪能用得上‘年轻’两个字呢。”

算起来，两人差了有九岁之多。

不过，在岑蝶看来，相比起身份地位之间的天差地别，年龄反倒显得不那么遥远了。

但这话也只能放在心里。

她没答话，跟在段沉身后，不紧不慢地走着。

两人并非并排而行，而是前后错开了小半个身位，呈现一种自后向前仰望的姿态。

蓦地，斜前方那人脚步一顿，侧了侧脸。

段沉开口：“我忘了，还没问小朋友想吃什么呢。有什么备选吗？”

岑蝶眨了眨眼，目光先在周围转了一圈。

这一片全是别墅区，除了业主，人迹罕至。

往日她上下班来回经过，要走到将近公交车站处，才能看到星零几家商铺。便利店倒是还有两家，但和她兼职那家，除了连锁店名不同，里头那些餐点小吃都出自同一家贴牌，没什么新花样。

既然要以请客为名，自然不能再请人吃便利店，这么简单敷衍。

岑蝶："你平时早餐吃什么？"

段沉沉吟数秒，笑着实话实说："一般不吃。平时，这个点，我应该还在睡觉。"

闻言，岑蝶心里有一点点道不清的窃喜。

她垂下眼，低声问："……所以，我是不是打扰到你了？"

几个小时前那个邀请，好像确实贸然了一些。

但勇气也不见得时时都有。

她不后悔。

"那倒没有。不过，确实需要麻烦你想想吃什么。附近没有早餐店，我们也可以开车去更远一些的地方。"

段沉晃了晃手上车钥匙，语气很是轻松随意："抱歉，我对这里不太熟悉。"

岑蝶讶然："啊，你不是本地人吗？"

段沉："不是。"

只答了这两个字，再多却也没有说了。

岑蝶想要更了解他一些，心里却又十分清楚，这种迫不及待是无法诉诸于口的。

她当然可以继续追问下去，例如"你是哪里人""你在做什么工作""在海市多久了"之类，但若是这样，好像就让今天这顿早餐变了味，失去了那种叫人着迷的氛围。

毕竟，岑蝶才满十八岁，还只是个半大孩子。

对于很多事，确实无法游刃有余，免不了患得患失。

两人简单商量了一下，最终决定还是去开车。

在岑蝶下车换地铁那块，有家早餐店，专做海市特色早餐“四大金刚”，油条粢饭都很有老海市地道风味。

“……不过，我们这里就算是早点，也都是加糖的啦。这家店比现在马路上那种融合改良版早餐铺，可能都要再稍甜口一点。不知道你吃不吃得惯。”

段沉没急着回答，像是在认真思索，步子却不停，将她引至车前。

岑蝶看着面前这辆蓝色敞篷双座超跑，一时恍然。

这就是店长说得那辆迈凯伦吗？

看车标是“M”字打头，应该就是了。

岑蝶只在广告里看到过这种超跑，长得有几分像 F1 赛车，实物线条明显更流畅漂亮。

事实上，在高中毕业之前，她忙于学业，连刷小视频时间都少有，自然而然，对于财富的见识贫瘠而匮乏。

段沉见她怔愣，十分体贴地替她拉开了车门。

他说：“我不怎么住这里，没备别的车，你将就一下。”

一时之间，岑蝶好像有些无法理解“将就”这个词的含义了。

然而，等坐进副驾驶之后，她又好像陡然明白过来。

超跑看着漂亮贵气，坐起来空间却有些小，座椅皮质也稍硬，实在不怎么舒服。但她还是忍不住伸出手，悄悄摸了摸仪表台，眼里露出些许艳羡之色。

还好，段沉握着方向盘，正目视前方，并没有发现她这点小动作。

岑蝶缩回手，掩住眼中怅然之色。

二十来分钟后，两人抵达目的地。

段沉将车沿着街边停下，熄火。

这条路是单行道，路边划了车位，可以临停。

段沉：“走吧？你带路？”

“嗯。不远，就在那边。”

两人下了车，按照岑蝶指示方向步行。

七点刚过没多久，已经进入早高峰时间，路上来往的人皆是行色匆匆，手里或是拿着包、手机，或是拎着一袋早点，热气腾腾，却无暇顾及。所有人，似乎都在急不可待地要奔赴下一个终点。

但段沉气质沉稳淡然，步伐不紧不慢，闲庭信步的模样，愣是将这种快节奏焦虑感缓和下来。

岑蝶偷偷望向他。

“看我做什么？我脸上有东西吗？”

段沉发现了，笑着问她。

霎时间，岑蝶的耳根子热起来，她拼命摇摇头，连忙岔开话题：“到了。”

早餐店开在居民区，招牌挂得较高，藏在路边茂密树叶后面。店面不大，但也不是那种路边摊规模，里头摆了十来张桌子，再往后则是半透明玻璃，隔了厨房。总体看起来窗明几净，卫生情况勉强能达标。

这会儿，店里坐了不少大爷大妈，闲聊起来，略有些吵嚷。

岑蝶目光睃了一圈，找了张空桌过去。

想了想，她又从桌上抽了几张餐巾纸，打算给段沉擦一下面前桌面和座椅。

段沉挡住她的动作。

“不必这样。”

他勾勾唇，慢条斯理地坐到岑蝶对面。

顷刻间，岑蝶生出些许后悔感。

虽然段沉今天穿着随意，并不严肃，但好像依旧和这种平价早餐店格格不入，哪怕这家店味道很是不错。

他应该在夜场里流浪，或是在巴赫的演奏会上侧耳倾听。

总归，不该在这里。

这般想着，她便就此沉默下来。

最终，还是段沉翻起菜单，打破这份寂静：“吃什么呢？你有什么推荐吗？”

岑蝶：“嗯……你喜欢什么？小馄饨怎么样？”

实在想象不出段沉吃油条的场面，她只能临时改了主意。

段沉点头：“听你的。”

岑蝶站起身，去收银台拿了票，点了两碗小馄饨、二两锅贴，再加两杯豆浆。怕不够，又额外点了一份豆腐脑给段沉。

她回到座位，笑道：“不知道你豆腐脑吃甜的还是咸的，我们这里咸的居多，就点了咸的。”

段沉：“多谢，咸的就可以。其实，我还没吃过甜的。”

“这样……那还好。”

看来他应该不是南方人。

借着豆腐脑的甜咸之争，两人有一搭没一搭地闲聊了几句，大多无关痛痒。

很快，小馄饨先端上来。

馄饨是鸡汤底，表面漂了几点葱花，看起来晶莹剔透，又有香气弥漫，勾得人食指大动。

岑蝶上了一夜班，也兴奋了大半夜。

到这会儿，总算感觉到胃里已经饥肠辘辘。

她喝了口汤，缓解了一些饥饿感。她想到什么，顿了顿，又小心翼翼地问对面的人：“怎么样？”

段沉：“还不错。”

岑蝶笑起来：“那就好。”

段沉没再说话。

两人将桌上食物消灭得七七八八，再抬眼，日头也开始逐渐升高。

段沉等岑蝶放下筷子，开口：“你住哪里？我送你回去。”

岑蝶一愣。

好像凭空从一场梦里猛然抽身，猝不及防到叫人难受。

她避开段沉目光，摆摆手：“不用麻烦的，旁边就是地铁站。”

段沉："不麻烦。就当是感谢你这顿早餐。"

他语气很淡，又很客气，但许是因为天生气质使然，难免有些说一不二意味。旁人听了，似乎很难拒绝。

岑蝶不自觉捏紧了手中纸巾，眸光里带一丝祈求："真的不用的。"

她怎么能将段沉带去自己家里那种地方。

怎么能让他看到那些呢。

幸好，段沉并没有再勉强："那我送你到地铁站吧。"

"……谢谢。"

一路无言。

待岑蝶下车时，段沉才又喊住她："小朋友。"

"啊？"

"谢谢你的早餐。下次再一起吃饭，换我请你。"

说完，男人朝她似是而非地笑了笑，像是在鼓励她为这句话做出一些反应。

接着，迈巴赫引擎轰鸣着绝尘而去。

只留下岑蝶一个人在原地胡思乱想又手足无措，久久难以自拔。

夏日，上午十点多，已经出了好一会儿太阳，空气开始变得热气腾腾。

岑蝶回到家。

时间比平日稍晚了些。

和段沉在一起短短两个多小时，像是耗尽了她所有能量。在摸出钥匙，打开门的刹那，疲倦涌上大脑，几乎要瞬间击垮她，逼迫她立刻爬到床上去，睡个天昏地暗才好。

然而，天不遂人愿。

这个点，张晴竟然在家。

岑蝶面无表情地放下包，深吸一口气。

可以猜到，后头必然将会有一场争吵发生，而她除了做好准备，完全束手无策。

果然，张晴听到动静，倏地抬起头。

“回来了？”

“……嗯。”

“工资卡呢？交出来。”

没有电话阻隔，张晴态度明显要比昨天更加颐指气使一些，仿佛只是在行使做家长的权利。

岑蝶往里走了两步，抬手，将空调打开。

岑家还在用窗式定频空调，很有些年头了，制冷不制热，没有遥控器，只能用开关操作。一经开启，里头会发出“吱呀吱呀”的杂音，听得人头皮发炸。

但好歹，冷气能簌簌吹出来，降一降这剑拔弩张的温度。

张晴有些不耐烦，拧眉：“跟你说话呢！这孩子整天就想着享受，这才早上，又不热，开什么空调啊，浪费钱……”

岑蝶低声截断她：“我会交电费的。”

她摸出手机，在微信上给张晴发了两个200元的红包。

那头很快接受。

然而，很显然，张晴并不满意，继续嚷嚷起来："就四百块？你兼职一个月工资多少啊？每天这么辛苦跑大老远去上夜班，三四千总该有吧？"

岑蝶："剩下的钱要用来交学费。"

"学费等你开学了会给你的。"

"不会的，只要给你，你今天就会全部输完。"

张晴纵横麻将桌大半辈子，生平最恨听到"输"这个字。

她二话没说，当即"唰"地从沙发上跳起来，指着岑蝶，厉喝道："岑蝶！我看你是翅膀硬了！怎么和长辈说话的？你每天吃在家住在家，挣的钱不往家里交，是想干吗？我是你妈！还养了你十八年！今天我让你把工资卡交出来，你就必须交出来！"

岑蝶沉默着。

"学费交不上就去申补助啊！申不下来就别念了！"

平时，张晴输了钱，发脾气说几句也很正常。

岑蝶觉得这种无谓的口舌之争没什么意思，不想和张晴争辩，忍便忍了。

毕竟，只要她忍耐一会儿，张晴急着去赴下一场牌局，很快也会不了了之。

但今天，许是因为这个日出过于梦幻，骤然掉回现实里，落差感弥足冗长，叫人应接不暇，无端心生厌倦，很难立刻调整好情绪。岑蝶脑袋一热，话没经过大脑，爆发似的脱口而出："是要让所有人都知道我是杀人犯的女儿吗？”

话音落下，整个房间倏地安静下来。

除了空调运作时的机械响动，只剩下母女俩此起彼伏的呼吸声。

张晴鼓着眼睛，嘴唇微微翕动，对她怒目而视。

岑蝶：“你让我去申助学贷，去申补助，人家问你爸妈是什么工作，难道是想要我说，我爸爸是逃犯，被枪毙了，我妈不工作，每天在家里打麻将吗？我说不出口！所以，工资卡你想也不要想！”

说到最后，委屈情绪已经掩藏不住。

岑蝶感觉到自己的眼眶在发烫。

但她并不想被张晴看到她这副模样。

她拎起包，头也不回地冲进卧室，重重甩上房门。

“嘭！”

外面，张晴正在尖叫：“岑蝶！侬要死啊！想把门弄坏是不是……”

岑蝶捂住耳朵，也顾不上洗澡换衣服，径直趴到床上，整张脸都埋进了枕头里。

委屈和不甘涌上心头。

继而，到达巅峰。

从小，岑蝶就知道，自己家和别人家是不一样的。

自己的父母和别人的似乎也不太一样。

同学们放学回到家，总是有热菜热饭、有零食饮料，还有各种问候关切，其乐融融。家里呢，母亲张晴不工作，也不做饭，整日扑在麻将桌上，做着翻盘自摸的美梦，父亲岑忠则是长时间不见人影。

亲戚和邻里总会偷偷议论，岑家那个男的又出去赌博了，这回也不知道要输多少，房子都卖了，还有钱输吗？

小岑蝶听懂了，爸爸是赌徒。

她宽慰自己，没关系，妈妈偶尔打麻将赢了，也会回家给她做一桌好吃的。

张晴的厨艺是小岑蝶吃过的最好的，比外面饭店的大师傅做的菜还好吃，她只是并不能每天在家而已，没关系。

岑蝶很早就学会了不怨怼。

因为抱怨也没有用。

现状永远不会有什么改变。

等岑蝶再大一些，大到她能够自己照顾自己时，岑忠出了事。

他瞒着家里偷偷借了高利贷。

然而，家里房子是租的，张晴也不工作，压根没有钱可以还。

高利贷利滚利，越拖欠、数额越大。

眼见着催债人一次次上门威胁，到处找人，闹得一家人不得安宁，岑忠终于露面，同人争吵起来。

岑蝶不知道岑忠是什么时候、什么情况下，失手将那个催债人捅死的。她只知道，从某一天起，她爸爸开始了逃亡之路，再也没有出现过。

警察天天上门问话。

她懵懵懂懂成了杀人犯的女儿，被所有同学和朋友避之不及，仿佛和她多说一句话，灭顶之灾就会降临到他们头上。

“她爸爸杀人了……”

“嘘——万一她听到了，她爸爸来找我们怎么办。”

“她爸爸还没被抓住。你说，会不会是被他们家偷偷藏起来了啊？”

“好可怕。”

…………

对岑蝶来说，这一切变故，根本就是一场无妄之灾。

但她也没什么办法改变，只能努力学习，妄图离开海市，远走高飞，去没有人知道她的地方上学，彻底摆脱这个扭曲的家庭。

委屈有什么用。

除非她死。

张晴在外头骂骂咧咧了一阵，一直没人回应。加上约好了局，她只能作罢，转身离开家中。

房门被合上，落下锁。

听到声音，岑蝶大脑一松，好似一下子支撑不住，闭上眼，浑浑噩噩地就这么睡了过去。

等她再睁开眼，外头，已是日暮西山时分。

岑蝶迷迷糊糊，从旁边摸过手机，看了一眼屏幕。

看到时间，她整个人骤然清醒过来。

等会儿还要去上班，压根没时间悲秋伤春。

思及此，岑蝶连忙跑进浴室，简单冲了个澡，换掉衣服，再把脏衣服和被眼泪浸湿的枕套一同丢进洗衣机，设置好定时。

踩着天空中第一缕墨色，她奔出家门，往地铁站方向跑去。

刚刚入夜，外面还十分热闹。

因为城市里随处可见的霓虹灯，将这座城衬得五光十色又流光溢彩，绝对不愧“不夜城”之名。但如果没有钱，就算身处其中，也难以体会这种繁华。

岑蝶无心欣赏夜景，跟着晚高峰人流匆匆挤进地铁。

人群熙熙攘攘，连呼吸的空间都有些逼仄局促。

她垂着眼，安安静静站在边上，似乎对今早发生的一切已然习以为常，面色也是无波无澜，看不出情绪。

直到坐上公交车，距离目的地越来越近。

猝不及防，一道颀长清瘦身影出现在脑海，打乱了这种平静情绪。

岑蝶捏紧拳，克制着心悸感，却迟迟不见成效。

段沉今天晚上还会来吗？

可是，明明早上才见过面。

她好想见到他。

顿了顿，岑蝶从包里摸出一张名片。

那是之前段沉给她的。

她一直放在包里，没有拿出来过。

名片上印着他的手机号码。

岑蝶盯着那串数字看了会儿，眼前渐渐开始变得模糊，随着颠簸，明明灭灭。

公交车上没有开灯，只有窗外路灯光线投射进来。

她将手机解锁，点开微信，在添加好友那一栏输入了这串号码。

试一次。

就试一次。

如果他的手机号不是微信号，她就不再异想天开。

岑蝶咬着唇，手指悬在屏幕上，微微顿住。

片刻，她才点下了“搜索”。

页面跳出来一个微信账号，昵称是“Duan”。

坠落就好了。

哪怕底下是万丈深渊。

岑蝶没给自己机会迟疑，几乎是当即就点了添加好友，再在备注那一栏里输入“我是岑蝶”。

申请发送。

不过五六分钟，公交车尚未抵达下一个站点，对方已然通过了好友申请。

Duan：嗯？

Duan：岑蝶小朋友？

看到这五个字，岑蝶红着眼睛，斟酌着、一字一句地往输入框里打字。

岑蝶：你今天会来吗？

段沉回得很快。

Duan：可以会，也可以不会。

Duan：要不要先告诉我，发生了什么呢？

他这么问，岑蝶却卡了壳。

她指腹在手机屏幕上摩挲几下，始终找不到合适措辞。

发生了什么？

她压根说不清楚，甚至连自己去加他微信好友的动机，都无法理出思绪，只能归结于波澜壮阔下的一时冲动。

岑蝶好半天都没有回复。

段沉也极有耐心，她不回，他也不催，好似胸有成竹、在静待着一只蝴蝶落入网中。

岑蝶：你为什么给我名片？

Duan：你觉得呢？

段沉到底还是来了。

时间卡得很好，正是凌晨货车抵达之前。

这个点，店里一般不会有客人进来，正是岑蝶最清闲的时候。

她一整天就吃了个早餐，后头两顿都没来得及顾上，到这会儿早已经饿得不行。

店里，各种盒饭每天都会有临保损耗，员工买可以打折，算下来一份也就几块钱。

岑蝶不挑口味，随便拿了一盒，自己给自己结过账，缩在角落用筷子扒一口，机械地咀嚼着，以填满空荡荡的胃。

段沉就是这时候进来的。

自动感应门开合。

光线折角随之发生变幻。

岑蝶听到响动，习惯性地抬眼看过去。

是段沉。

他又换了一身衣服，依旧休闲，不那么正式，但周身那种如玉般的气度，始终让人着迷。

或许，人和人，从生来就不公平。

在段沉淡然目光中，岑蝶为自己心里那点小心思而感到难堪。

她放下筷子，站起身，讷讷出声："……你来了。"

段沉笑起来："是啊，收到某位小朋友的邀请，特地牺牲了睡眠时间过来。"

这种话，听起来似是而非，将气氛搅得微妙，但又好像只是叙述了一个事实情况。

所有猜疑，都是因为一方心怀鬼胎，才会无端产生。

总之，没人继续刚刚微信上那个话题，就还算好。

岑蝶揪住衣摆，朝外走了两步。她踟蹰半秒，去冰柜拿了一瓶矿泉水，放到段沉面前的横桌上。

段沉挑挑眉："又要请我喝？"

岑蝶点头："嗯。"

"谢谢。"

段沉朝她抬了抬下巴，对她表情中所有异常恍若未觉，只是游刃有余地笑着：“正好渴了，那我就不客气地笑纳了。”

此刻，他已经坐下身来。与她说话时，他手指微屈，指腹轻轻敲着桌面，似是在思索什么难题，琢磨不透。

岑蝶站在段沉旁边，距离不过半臂，难得能低头看他。

抛开其他外在因素，单看脸，这男人也实在生得好看。再多形容词，都抵不过“好看”这两个字来得直观且有分量。

段沉是岑蝶见过的长得最好看的男人，竟然能如暗夜月光一样耀眼。

第一眼，她就被他迷住。

……就算不是今天，也会是未来的某一天。

顷刻间，岑蝶觉得自己浑身血液都开始沸腾。像是一道猎猎山风，吹动连绵经幡，让一切都变得无法停下。

她勉强按捺住情绪，低声开口道：“段沉，你可以不要叫我‘小朋友’吗？”

段沉明显有些讶然，掀了掀眼皮，连带眉梢眼角都染上笑。

“为什么呢？”

“我已经十八岁了，已经成年了。不是小朋友。”

岑蝶这么回答。

段沉沉吟了片刻，爽快答应：“好。那以后就叫你‘小蝴蝶’吧。”

岑蝶看着他。

“小蝴蝶什么时候休息呢？我带你去玩吧？就当……回馈你的早饭和水，好不好？”

03

岑蝶急于赚取学费，排班时同店长打过招呼，一周可以上六天夜班，这样才能拿更多时薪。所以，她每周只有一天休假。

这周轮到周三。

段沉还是和她约在日落之后。

因为心情太过激动，白天补觉时，岑蝶难得辗转反侧，一直睡得不太安稳，梦里也忍不住想东想西，担忧这场见面会出岔子，或者会因为各种原因而难以成行。

幸好，张晴一整天都没有回家。

家里也没有其他意外发生。

下午四点多，岑蝶从睡梦中猛地睁开眼，看了一眼时间，慌忙下床，去洗头洗澡、挑衣服。

不知道段沉要带她去哪里玩，她生怕自己打扮得太过隆重，不合时宜，挑挑选选许久，才拿了一条白色连衣裙出来。

裙子是棉布材质，八成新。方领收腰设计，裙长到膝上半寸。没什么特别，完完全全就是基础款。

但这已经是她少有的能穿出门的裙子了。

岑蝶换好裙子，将长发悉数梳起来，简单扎了个高马尾，垂在脑后晃荡。

她对着全身镜仔仔细细照了一会儿，又转了几圈。

在女生中，岑蝶个子不算高也不算矮，有一米六三。但因为人有些瘦弱，身上、脸颊几乎都没有什么肉，无端就伶仃羸弱了些。被裙子一衬，越发显得整个人修长纤细，锁骨分明，腰线也是盈盈一握。

贫穷和苦难，在成长路上烙下了厚重烙印，却也无法掩盖她清丽出众的漂亮。

岑蝶想，如果段沉愿意和她接触，只是因为自己长得还算可以，那就是最好不过。

好歹，她身上还能有一点点特别，能吸引到他侧目，不是吗？

这样，两人之间的距离，好像就显得没有那么遥远了。

见面地点定在市中心，从岑蝶家搭地铁过去，只需要二十分钟左右。

晚上八点多。

岑蝶走出地铁站，目光睃了半圈，很快，在路边找到了那辆蓝色超跑。

段沉正靠在车边抽烟。

霓虹灯下，光线在他下颌处划出一道清晰分割线，落下阴影。再往上，薄唇、高挺鼻梁、深邃眼眶，五官和线条无一不精致且恰到好处，就像是女娲造人时，最鬼斧神工的完成品。

只是，男人若是面无表情的模样，有种凛然意味，高不可攀似的。

岑蝶脚步一顿，总觉得自己再走过去点，就会打破这幅美好画面。

下一秒，段沉便抬起头，随意扫了一眼，刚好同她对上视线。

岑蝶没说话。

段沉掐灭烟，眯起眼，冲着岑蝶遥遥一笑。

“小蝴蝶，”他慢条斯理地喊她，“到这里来。”

顿时，岑蝶被勾走了魂魄，失去理智。

她攥紧包带，深吸一口气，小跑到他身边。

“我迟到了吗？”

因为紧张，她的声音不自觉有些怯。

段沉抬手，看了眼腕表，摇头：“没有。很准时。”

岑蝶：“那你等很久了吗？”

“也没有，我也刚到。好了，先上车吧。”说着，段沉替她打开车门。

“好。谢谢。”

一周之内，岑蝶再次坐上这辆豪车，心情和第一次没什么分别。

段沉恍若未觉，随手开了点音乐出来，再发动跑车，带着她往城外而去。

趁着夜色，迈凯伦驶出外环。

没有堵车桎梏，逐渐开始加速。

段沉将敞篷打开。

夜风习习。

因为车速太快，岑蝶感觉脸上像是被利刃刮过，散落颊边的发丝也群魔乱舞起来。

她只能连忙低下头，伸手，稍微挡一挡，余光则是悄悄瞟过身侧。

段沉操控着方向盘，薄唇上扬，脸上带一抹笑，看起来比往日肆意生动几分。

这是他原本的面目吗？

岑蝶分辨不清。

没过太久，抵达目的地，跑车开始减速。

岑蝶探头往外看了几眼，问："这是哪里啊？"

段沉："赛车场，没来过吗？"

她摇摇头。

段沉看起来并不意外："这是F1比赛的赛车场。"

这个岑蝶倒是知道。

海市有F1比赛专用车道，好几届F1公开赛都在这里举办。新闻里偶尔会报道，海市自主命题的数学考卷还出过相关图形考题。

但对岑蝶而言，也只是听说而已。

她不会开车，家里也没有车，更加不关注什么F1，这都是有钱人玩的东西。

岑蝶："怎么到这里来啊？"

段沉打了下方向盘，随口回答："正好今天有个比赛，就过来玩玩。小蝴蝶不想感受一下赛车吗？”

“啊……你开吗？”

“我开。”

岑蝶有些惊诧：“可是，是不是有点危险……”

话音刚落，两人抵达跑道起始点。

车缓缓停下。

段沉蓦地转过头，朝她淡淡地笑了笑：“害怕吗？”

光影明灭中，岑蝶看着他昳丽容颜，抿了抿唇，摇头。

她想说不害怕，但还没来得及开口，从后面来了一个男人，大步走到车边，人趴在驾驶座窗沿上，半个身子都快要探到段沉身上。

“少爷啊，你可终于到了！就等你了！”

段沉抬手，按住他的肩膀，一边将他往外推，一边笑说：“你别这么叫我，恶心。”

男人明显和段沉十分熟稔，关系应该也很好。

接着，他看到了岑蝶，明晃晃的，带着些许调笑：“嗯？你怎么带人来了啊？这位漂亮小姐是？”

段沉：“一个新认识的小朋友，带她过来玩玩。”

他没有打算介绍岑蝶。

男人“哦”了一声，语气了然：“行，那咱们跑完再聊。”说着，他走向另一辆跑车。

岑蝶压住心头酸涩，勉强维持着好奇表情，左右张望起来。

迈凯伦两边都停了车，大多是双座超跑，不知道品牌，但和电视上那种赛车还不太一样。

没给她时间多想，前方亮起射灯。一个漂亮女人从旁边走出来，婷婷袅袅，站到车道中间，先挥了挥赛车旗，又朝他们打了个手势。

段沉见了，将跑车敞篷关上，再低声嘱咐岑蝶："系好安全带。"

"嗯。"

她点头，心跳不自觉开始加速。

段沉像是学了读心术一般："别紧张。"

"嗯，我不紧张。"

"那就行。"

随着指令，跑车发动机开始轰鸣。迈凯伦像是离弦的箭一样，绝尘而去。

车内，岑蝶忍不住尖叫起来："啊——"

伴随着段沉爽朗的笑声，她开启了这个绚烂而特别的夜。

全程，岑蝶一直都在头晕目眩，不知道他们到底要开几圈，也不知道究竟过了多久。

终于，跑车冲过终点，开始降速。

外头依稀响起欢呼声和口哨声。

岑蝶从失神中逐渐清醒，用力甩了甩头，将高速产生的眩晕感摒弃掉。

“……你这是赢了吗？”她小声问。

段沉笑：“当然。”

他将车开到旁边停下，打开敞篷后，人也随之迈下车去。

岑蝶动作慢了一拍，见状，赶紧手忙脚乱地解安全带。

“啪嗒！”

安全带扣弹开。

她松了口气，再抬起头，刚好看到段沉被好几个人团团围住，闹哄哄地说说笑笑。

“厉害厉害，果然还得是段少爷出马啊！”

“咱们手下败将的赌注呢？车钥匙还不拿出来？啧啧啧，新车啊，舍不舍得？”

“哈哈，那有什么！愿赌服输！”

“一会儿还跑野道去吗？”

“别吧，少爷带妹子来了呀，不方便。要不还是换下一摊？K8？徐二新开那个夜店？还是去老地方？”

逆着光，岑蝶看不太清他们的面容模样，也基本听不懂他们在说什么，只觉得拘束，只觉得格格不入。

她僵在原地，好似彻底失去了下车的勇气。

段沉靠在车身上，和这几个朋友聊了几句，终于注意到岑蝶不在。

他回头，看到她还在车里，便招招手。

随着段沉这个动作，顿时数道视线汇聚过来，落到岑蝶身上。

岑蝶垂下眼，整个人都有些手忙脚乱，赶紧跳下车，顶着众人目光，小跑到段沉旁边。

这下，视野变得开阔。

段沉面前这些人，全都是年轻人，有男有女。

男人大多穿着休闲，样貌也并不都十分帅气，只是收拾得妥帖清爽。

相比之下，他们怀中搂着的几个女孩子，就显得亮眼许多。她们几乎都是小脸、全妆、短裙，笑得十分灿烂。长相类型虽然不同，但都是又漂亮、身材又好的美女，无一例外。

岑蝶心头微颤，仿佛立刻明白过来。

她咬住唇，不禁有些恼怒，身体又往段沉身后躲了躲。

还好，他们只打量了岑蝶几眼，很快对她失去兴趣。

“段少爷，你怎么说？”

还是刚刚碰到那个男人在说话。

岑蝶听出他语中戏谑。

段沉：“老地方吧。”

那男人吹了个口哨，又打个响指：“行。谁赶紧给妙妙打个电话？让她今天可别过来哈。”

“哦吼——你这么说，那妙妙肯定会发现不对劲的。”

“发现就发现呗，她还能怎么样？最多找段沉哭几句咯。”

段沉没接这话，只转过头，朝岑蝶笑笑。

接着，他才慢条斯理地开口，同她低声耳语：“过瘾没有？要不要再去旁边跑两圈？”

这里是外郊，再开出去一段就是机场，附近几乎没有居民楼，属于海市难得荒无人烟的位置。加上时间也够晚，少有车辆经过，很适合开快车解压。

岑蝶怔了怔，终于明白他今夜带她来赛车的用意。

多半是发现她那日行为反常，以为她心情不好，所以，才带她来发泄放松一番。

心脏就像被人肆意揉捏着，翻滚不休。

患得患失，无法自控，也难以诉诸以口。

这个舞台剧，从来不需要第二个主角，只要段沉坐在台下，她自己就能将剧情补全。

许是因为岑蝶兀自陷入沉思，迟迟没有出声作答，段沉又问了一句："嗯？"

岑蝶回过神来，连忙摇头："不用不用。你去忙吧。"

段沉扬眉，轻嗤一声，眼神晦暗不明："哪有什么可忙的……本来就说好了带你出来玩，当然是你更重要。一会儿他们要去喝酒，你想一起吗？"

岑蝶咬了咬唇，表情有些犹豫，不知道该如何开口拒绝。

段沉："一起吧。小蝴蝶不是也十八岁了吗？已经合法了。如果觉得没意思，再把你送回家，怎么样？"

不需费什么周折，只最后那句话，便让岑蝶顷刻改了主意。

她点头应下。

段沉漫不经心地笑起来："走了。"

"……好。"

因为赢得这场比赛，作为赌注，段沉收了把车钥匙。

他完全不客气，只笑说之后会让人来把车开走。

上车后，他将钥匙随手丢进杯架，一副不甚在意模样，自顾自启动了车。

超跑车内空间狭小逼仄，两个座位也靠得很近。

岑蝶眯了眯眼，顺利将那把钥匙上的车标记下。

迈凯伦驶上高架。

车速逐渐趋于平缓。

段沉一直没有说话，岑蝶也无所事事，摸出手机，偷偷打开搜索引擎。

她不知道那个车标具体怎么描述，干脆输入“豪车品牌”，点击搜索，再一个一个标对下来。没几分钟，便顺利找到目标。

点开那个图，页面跳出来几个品牌热门车型，底下还有建议售价。

岑蝶略扫了几眼，锁掉屏幕，默默垂下眼，无意识地抠起手指。

大约开了半个小时，超跑停在一家 PUB 门口。

两人到得最迟。

段沉一下车，刚才那个男人就从门口迎上来，走到副驾驶这边，给岑蝶开车门。

岑蝶有些受宠若惊：“谢谢。”

男人冲她一笑，语气有点轻佻：“为美女服务是我的荣幸。”

等岑蝶顺利下车，站稳，他才回过头，对段沉嚷嚷道："都等你们半天了！段少爷这是带妹兜风去了啊？"

段沉："啰唆。"

话虽如此，却也没有生气。

男人一把勾住段沉的肩膀："行了，先进去呗，他们包厢都开好了。"

段沉点头，朝岑蝶招招手，示意她跟上。

"别紧张。"

"嗯。"

岑蝶就像是个小尾巴，紧紧攥着手心，深吸一口气，踏入这个五光十色的新世界。

如果用电影镜头语言来描述，这一幕，大抵会被做成"踏入深渊""走上不归路"的荒诞灰色效果，用以表现出主角人生分水岭的场景画面。

这一刻，岑蝶心如明镜。

可是她无法抗拒。

从遇见段沉起，她就像是被折断翅膀的蝴蝶，渐渐忘记挣扎飞行的感觉，心甘情愿地坠落。

哪怕被圈养进水晶瓶里。

哪怕被做成标本。

只一次，她也想试试义无反顾，头破血流。

那男人熟门熟路，领着两人穿过舞池边缘，上楼，进了包间。

包间很大，一面墙是全透明玻璃，视野极好。从里面往外看，能将舞池、DJ 台一览无余。

此刻，沙发上已经坐了十来个人，都是刚刚在赛车场见过的面孔。

很显然，在他们中，段沉也是众星捧月一般存在，以之为首，只一露面，立刻就被人迎到中间位置。

“等你半天了！还当你今天赢了车，怕被灌倒，半路偷偷跑了呢！”

段沉一挑眉，道：“说什么梦话。不知道是谁，上次喝到求饶呢，嗯？”

“啧，好汉不提当年勇。”

听着他们起哄，岑蝶有些无措，也不好意思跟着段沉一起坐到中间，干脆拣了个沙发边缘位置，悄无声息地坐下。

这个位置偏，在包间最边缘，但并不妨碍一些闲言碎语飘进她耳中。

“……这个是新的啊？之前好像没见过。”

“段少爷最近喜欢这一款了吗？看着蛮乖的，年纪好小的样子。”

“不能吧……妙妙姐呢？”

“呵，多半也就是逢场作戏而已，还真当妙妙能拿下段少爷啊，人家总是要回去的。”

许是因为底下DJ 舞曲声音吵吵闹闹，很是激烈，作为背景音，能将所有闲聊掩盖住，不会被当事人听到。又也许，是大家都对情况心知肚明、了如指掌，完全不用把她放在眼里。总之，几个女人聊得肆无忌惮。

岑蝶却悄悄蹙起眉。

妙妙是谁？

这是她今晚第二次听到这个名字了。

第一次是刚刚那个男人提起的。

岑蝶年龄小，虽是一腔孤勇，被误解也可以不在乎。但若是叫她无意成为其中道德败坏的反派角色，扪心自问，她暂时还做不到。

霎时间，包间变得有些闷，好似连呼吸都开始无法顺畅。

桌上有干净玻璃杯，岑蝶勉强顺口气，拿过水，给自己倒了满满一整杯。

水是冰镇的，喝完之后，一股凉意涌进身体，让人大脑猛地清醒。

岑蝶做了个深呼吸，顿了顿，打算先行离开。

然而，尚未等她做出什么行动，倏地，沙发一边往下陷了一下。

旁边坐了个人。

岑蝶诧异，侧头看过去，对上一张笑脸。

“小妹妹，你好啊。”

是刚刚那个男人。

不知道什么时候，他从段沉那圈人里出来，坐到这里。

岑蝶探头，悄悄往段沉那边扫了一眼。

男人："别急着找段沉呀。他今天赢了辆几百万的车，总归是逃不了喝几瓶的。现在肯定没空管你呢，咱们聊聊天嘛。"

岑蝶没出声。

"我叫顾庭山，是段沉的发小。小妹妹，你怎么称呼？"

岑蝶声音很低："你好，我叫岑蝶。"

"哪两个字？"

"山今岑，蝴蝶的蝶。"

顾庭山打了个响指："好名字。很好听，适合你。哦，怪不得段沉叫你'小蝴蝶'呢。"

岑蝶笑了一下。

这个顾庭山不愧是段沉发小，两人连夸奖的方法都一样。

顾庭山倒了点威士忌，没喝，只把洛克杯拿在手中晃悠，接着又问："你看着很小啊，方便透露一下年龄吗？"

没什么不方便的。岑蝶眨了眨眼，答道："十八岁。"

"已经成年了？是学生吗？"

"嗯。刚高中毕业。"

顾庭山表情明显变了一下，眉心拢起，似是有些不认同："段沉真是……"

岑蝶知道他误会了，脸还是不由得烧红一片，像是误把酒当水喝上了头，连忙摆手解释道："不是的！我们不是那种关系。就是打工的时候认识的……朋友。"

闻言，顾庭山似笑非笑地睨了她一眼："我也没说你们有什么关系呀。"

顾庭山："好了，不开玩笑。要是让段沉知道我欺负他带来的小妹妹，肯定要给我甩脸色了。"

这话一出，岑蝶顾不上那点纠结，顺着他的语句，忍不住开始好奇："段沉脾气很不好吗？"

顾庭山耸耸肩："那倒没有。只是因为一些特殊原因，大家都有点怕他而已。"

"什么特殊原因啊？"

顾庭山明显不愿回答这个问题。他低低轻笑一声，将话题岔开："小蝴蝶成绩怎么样？"

岑蝶有些失望，但也知道，没办法追问。

况且，追问多半也没有用。

顾庭山明显和段沉是一个圈子的人，自有一套处事法则，第一次见面，能这样聊几句已经算是很给面子，又怎么可能对她交浅言深呢。

怔愣半秒，她抿了抿唇，低声回答了他下面那个问题："一般，还可以。"

"现在应该是暑假吧？后头还上学吗？"

"上的。"

"考的什么学校？"

"C大。"

顾庭山呼吸一滞，继而，笑出声来，十分爽朗模样："C大是双一流啊，这也叫一般吗？小蝴蝶讲话很有意思，怪不得段沉会带你出去呢。能喝酒吗？来一起喝一杯？”

从这番聊天开始，顾庭山就没再回段沉那边，一直坐在岑蝶旁边。

岑蝶没找到机会说要先走。

而且，段沉明显是喝了酒，没办法再开车送她，肯定要找别人帮忙。她会跟来这里，是想和段沉多待一会儿，能再有一段独处时间。既然没法实现目的，她也不想给段沉添麻烦，扫他的兴。

哪怕再不适应，岑蝶还是坚持坐到结束，再等段沉安排。

不知不觉，转到河倾月落时分。

包间里，终于有了将要散场的迹象。

几个男人皆是面色潮红，看起来喝了不少，各自搂着自己带来的漂亮女孩，同段沉和顾庭山作别。

顾庭山一直在陪岑蝶。

岑蝶不喝酒，他也就没喝多少，这会儿，人还清醒得不得了，自然必须得担任送客的角色。

不多时，包间里只剩下段沉还坐在沙发上。

岑蝶侧过头，视线遥遥地朝他那边望去。

两人中间隔了很长一段，近乎横跨整个房间，颇有点“我住长江头，君住长江尾”的意思了。如果要更确切一点来说，应该“咫尺天涯”。

他们是两个世界的人。

今夜，岑蝶再次清晰意识到这一点。

刚好，段沉揉了揉额头。

余光注意到岑蝶眼神，他动作一顿，似乎这才意识到，自己忽略了小朋友一整晚。

但她竟然也还没有走。

段沉心下了然，面上依然不动声色，只朝岑蝶招招手，示意她坐过去。

岑蝶发现，他似乎很喜欢对自己做这个动作。

这个动作，会让人徒生出一种很亲昵的错觉。

岑蝶咬了咬唇，还是走过去，坐到段沉旁边。

两人相隔半臂距离。

段沉人往后靠了一下，将手臂压到沙发靠背上，看起来慵懒惬意。因为他身材好，手臂长，这动作做出来就很有味道。

“刚刚一直在和顾庭山聊天吗？”他漫不经心地问道。

岑蝶不明所以，点点头：“嗯。”

“是不是觉得没劲？抱歉，忘了问你会不会喝酒。”

闻言，岑蝶抬眼，鼓起万丈勇气，凝视着他。

他将她带到欢场中来，又将她晾到一边，最后却又如同往常那般温柔解释，抚平她内心褶皱。

这一连串举动，看似妥帖，但又并不合理。

段沉到底是什么意思呢？

岑蝶不明白。

她根本不擅揣测人心。

四目相对。

片刻，段沉率先开口，打破这番注视："怎么了？我脸上沾到什么东西了吗？"

岑蝶泄气般摇摇头："没有。"

段沉："是不是饿了？我让人给你拿点吃的上来，吃饱了再送你回家，好不好？"

岑蝶："不用啦，我还不饿。"

话音甫一落下，顾庭山推门而入。

听到动静，段沉毫不客气地指挥道："你送一下她。"

顾庭山指了指自己，纳罕："我吗？"

段沉："要不然还有谁？我喝了酒，没法开车。"

"喂——难道我没喝吗？"

顾庭山气笑了，低声爆了句粗口，复又转向岑蝶方向。

"小蝴蝶，我让司机送你回去行吗？人就在楼下了。不好意思啊，是真的不好开车，要不然，今天不用段沉说，我肯定是要亲自送你的。"

岑蝶点点头，没有任何意见，径直站起身。

顿了顿，小姑娘扭过头，再次看向段沉。

"我走了。"

"嗯。晚安啦。下次见。"

"……今天谢谢你。"

她离开包间。

顷刻间，房间里只剩下段沉和顾庭山。

两人是多年发小，自是默契十足。

段沉随手给顾庭山倒了杯酒，问："想说什么？"

顾庭山："你什么时候回京市？"

段沉低低笑了一声，凌厉的眼神斜斜扫过来："怎么，你想家了？"

顾庭山朝他身上扔了个纸巾盒。

段沉虽然喝了酒，却没有喝醉，动作依旧敏捷，往旁边随意一闪，轻易就避开了飞来的纸巾盒。

到底是大院里练出来的身手。

顾庭山在心里感慨。

他抿了一口酒，终于开始正经起来，低声说："今天你没来的时候，他们已经跟我旁敲侧击半天了。大概是想看看咱们段少爷是真流放，还是避风头来的。你自己掂量掂量。"

段沉不以为意："随便他们去琢磨。"

顾庭山："话不是这么说的。后头生意也要看风向，众人拾柴火焰高嘛。反正，我是替你稳住了，你自己看着办。"

段沉："谢了。"

"那边还在查？"

"嗯。应该八月下就差不多了。等那边风平浪静了，差不多就该回去了。"

段沉似笑非笑的，眉眼间，不经意露出几分煞气来。

“……毕竟，‘流放’也要有时限，又不是真去‘宁古塔’，总不好让那头的人每天担惊受怕、想着我们吧。”

再下去，什么豺狼虎豹，都该坐不住了。

顾庭山点头，表示了解。

寥寥几句，两人便不再多说。

顾庭山将剩下一口酒抿完，复又笑起来，问段沉：“那小蝴蝶呢？我打听过了，人家是C大的高才生。看来，你这是准备带着人回去啊？”

很巧，C大就在京市。

段沉讶异，眉骨微扬：“她是C大的学生？”

顾庭山比他更惊讶：“你居然不知道？”

“没打听过。”

说到底，两人萍水相逢，如果不是岑蝶那条微信，估计后面也不会再有什么交集。

顾庭山：“小妹妹长得是漂亮，但你不是从来不对学生妹下手吗？还说人家是祖国的栋梁，不能歪到你这个泥潭里去。那这回又是怎么个意思？见色起意？”

段沉没说话，手指轻轻敲着桌面。

有一下没一下，很有节奏感。

这样，顾庭山却也猜不到他在想什么。

静默良久，段沉假意叹了口气，看向顾庭山。

“……如果我说，我只是看小蝴蝶有点可怜，突然善心大发，想资助她上学，你信吗？”

一连数日，段沉都没有再出现。

夜深人静时分，岑蝶依旧心绪难宁，一边整理货架，一边忍不住频频望向门边，目光停留数秒，再失望地收回视线。

想法几乎不言而喻。

她本就不善掩藏。

事实上，岑蝶有段沉的微信，完全可以主动发消息询问。就像上次那般，一鼓作气，勇敢往前迈一步。

但每次摸出手机，点开对话框，她指尖悬在屏幕上许久，还是退缩下来。

直到屏幕暗下来，也打不出一个字。

岑蝶不知道该怎么办，怎么办才能叫自己不后悔。

飞蛾扑火吗？

还是就此回头？

好像做什么都显得有几分可笑。

好像怎么样都会大失水准。

…………

在一腔期盼和等待中，时间仿佛开了倍速，悄然流逝。

转眼，进入八月。

下周就到 8 月 12 号，农历七月半，也就是传统意义上的中元节。在海市习俗中，七月半需要祭祀。虽然没有清明这么隆重，但烧纸肯定少不了。

自从上次，岑蝶和张晴大吵一架后，这是张晴第一次给岑蝶打电话。

她语气一如既往的冷硬，带着家长式的指挥意味："12号记得给你们店长请假。还有，这几天抽空去买点纸钱回来。"

说完，她还仔细报了数量，什么种类多少，生怕岑蝶弄错，或是少买。

岑蝶垂下眼："知道了。"

张晴："你可别忘了！你爸去年才死，今年要是就不做的话，要被人戳脊梁骨的！"

听她这么说，岑蝶没忍住，低低嗤笑了一声。

难道搞点仪式就不会被人戳脊梁了吗？

岑忠是杀人逃犯，是拘捕后被击毙的，又不是正常离世。别说邻里邻居，整片小区往外三条街，有谁不知道这件事？

这是出了个杀人犯啊。

还是外逃三年才落网的杀人犯。

多稀罕啊。

旁人对这种事恐惧又好奇，简直是人之常情。

早先，岑蝶进出上学，差点被那些异样眼光和小声议论给击溃。直到她把心理素质练出来，才渐渐能无视那些眼光和议论。

前几个月清明节，张晴领着她去祭拜，从早上走出家门一直到晚上回去，全程被邻居围观着。虽然没议论到她们面前，但在背后，大概给人做了好几个礼拜谈资。

偏偏，张晴该争面子的地方从来不争，对这种事情又讲究得不得了。

荒谬，且世俗。

对此，岑蝶从来不予置喙。

她深吸一口气，捏着手机，耐心地说：“我知道了，已经记下来了。”

夜已深，张晴还在麻将桌上，应是激战正酣，背后十分吵闹，没有听到岑蝶前头那声笑。

张晴叮嘱几句，便匆匆挂断电话。

岑蝶整个人一松，像是被抽走全身力气，脱力般地趴倒在收银台上。

不过，只一瞬，她回过神来。

意识到店内监控二十四小时运作，正照着这个方向，她立马又站直身体。

一连串动作十分流畅迅速，还有点可爱。

“呵。”

这时，门口传来一声轻笑，听起来有一种十分熟悉的味道。

岑蝶脑袋“嗡”的一声，如有所感般，抬眼望去。

果然是段沉。

她眼睛倏地亮起来，压根藏不住情绪。

什么迟疑，什么犹豫。

什么身份地位。

什么你来我往、你情我愿。

在见到段沉那一瞬间，尽数都抛到脑后。

“你来了！”

段沉不紧不慢地走进来，朝她淡淡一笑：“晚上好。”

“晚上好呀。你要什么？我给你拿！”

段沉一反常态，没买烟，也没买水，而是去冰柜拿了两根雪糕，结过账，递了一根给她。

岑蝶愣了愣，没接。

段沉：“嗯？小蝴蝶不爱吃这个吗？”

岑蝶连忙摆手：“没有没有！我喜欢的！”

“那就好。”

段沉随口应过声，拆了雪糕外包装，走到门外。

岑蝶盯着玻璃门方向看了好久，确定他一直站在那里，并没有要走，这才拿上自己这根雪糕，绕出收银台，大步跟上前去。

正值酷暑，室外没有空调，闷热感弥漫，始终难以消散。

两人并肩站在门边，谁都没有说话。

岑蝶想，就算每天都只能在这个便利店里见到他，就算只能说上那么两三句话，她也会觉得满心欢喜。

只要能站在段沉旁边。

思及此，她脸上也不自觉带上了笑意。

段沉余光扫到她表情，问：“笑什么？发生了什么事，这么高兴吗？”

被他一问，岑蝶脸颊泛出红晕，连忙垂下眼，摇摇头。

段沉也没有追问。

顿了顿，他再次开口："我还以为小蝴蝶会联系我呢。"

"啊？"

闻言，岑蝶有些不知所措，瞪大眼睛，转过头。

两人对上视线。

就算是吃雪糕，段沉的动作也依旧慢条斯理、不急不缓，像是坐在米其林餐厅里品尝昂贵珍馐，举手投足间，时时刻刻都能看得出出身与教养。

岑蝶看呆了眼。

段沉笑起来："今天怎么有点呆呆的。"

脸颊的热度居高不下，好像快要烧起来。她绝望地发现，越是在意，越是无措。

这会儿，段沉已经咬掉最后一口雪糕，将雪糕棍拿在手里，随意转了一圈。

他换了个话题，漫不经心地问："我听顾庭山说，小蝴蝶高考是考上了C大？"

没想到他会问这个，岑蝶"嗯"了一声。

"成绩这么好，怎么会来这里兼职呢？上夜班这么辛苦。"

段沉点了支烟，烟雾氤氲而上，迷糊了他的眉眼："……去做家教不是挺好？"

这是他第一次问得这么深入。

自从两人相识，除了随口问了句年龄，段沉没有主动打听过任何岑蝶的私事。仿佛只是知道了名字，认识一个标签，足矣。对她这个人，他完全不好奇。

本该是一个值得欢喜的开端，但这个问题，却犀利得叫岑蝶心悸。

高考出分那天，她在同城网上挂上了个人信息，打算趁着暑假带几个高中生补课，给自己挣学费。

海市是一线城市，消费水平高，一对一家教市价也叫得极高，一般按照小时计费。在职教师是一档，大学生是次一档，还会按高校排名具体划分。

岑蝶这个高考分数，又是应届考生，差不多能到一百块左右一个小时。趁着暑假，每周做几个家教，差不多就够学费，还能有盈余。

她打算得很好。

然而，在岑蝶上完第一堂家教课后，当天晚上，那个学生家长发来消息要将她辞退。

为什么呢？

她甚至都没来得及问。

对方完全没有客气。

“我打听过了，你爸爸有案底，我不放心。别到时候成绩没上去，还把我家小孩带坏了。”

之后几家亦是差不多情况。

“杀人犯的小孩怎么能教小孩子啊。”

“成绩好有什么用，人品更重要！”

“网站为什么不审核一下大学生的资质啊？要不是我们特地去打听了一下，不就被骗了嘛！”

…………

于是，岑蝶明白了。

家庭是她的原罪，甚至能严重到让她找不到一个合适的暑假兼职，只能跑到这么老远的小店里做苦力，才能免受那些白眼和非议。

但这种真相，如何能告诉段沉呢？

岑蝶摇了摇头，避开对方的视线，努力藏住自己的小心思。

“有一些私人的原因。”她小声解释。

“哦，是这样啊。”段沉挑了挑眉，默不作声地抽完手上这支烟，“走了。”

说完，他往前两步，背对着岑蝶，挥挥手，算作道别。

岑蝶心脏猛地一跳。

在这一秒，她像是预感到了什么，再次将他叫住：“段沉！”

段沉停下脚步，侧目。

岑蝶：“我还能再找你吗？”

夏日夜空下，男人身形颀长清瘦，侧脸英俊，整个人如同一轮月光，清辉皎皎。

他说：“当然可以。

“明天晚上，到上次那里来找我吧。小蝴蝶。”

第二章

仰望

我想要抓住月亮，却连伸出手的勇气都没有。

我们相隔的不仅仅是距离，而是我脑海中可笑的、一厢情愿的无望憧憬。

——岑蝶

01

岑蝶临时请了一天假。

因为找不到人顶班，店长必须自己值夜班，到底还是忍不住埋怨了她几句。

“不是不让你请假，12 号你说要请假，不是马上就给你假了嘛！你早上请晚上的假，班都排好了，我从哪里找人顶你啊？到底有什么事这么急？至少也提前一天吧！哎呀，哪有这么做事的啦！”

岑蝶没法解释清楚，只能反复道歉：“不好意思，店长，真的是突然有点急事。不好意思啊……”

店长不耐烦听下去，挥挥手：“算了算了，你赶紧去吧。”

岑蝶松了口气，又低声道谢，这才拿上包，转身离开。

每天夜班和早班交接，恰好就在晨光熹微时分。

明明不久之前，天色还是昏暗混沌，迷茫一片。仿佛只是眨眼间，天光大亮，叫人感觉神清气爽，视野清明。

岑蝶步行至公交车站。

车还没有来。

她倚在站牌下，仰望着云层，静静出神。

今天晚上会怎么样？

是不是无论什么样的结局，自己都能接受呢？

好像是的。

决心已定，岑蝶不再纠结犹豫。

她素来心智坚定，外表看起来柔软漂亮，内心却绝对不是软弱可欺的女生，一直都很有主意。就算曾经怯懦退缩过，在这般家庭环境里磨炼几年，也能把人给磨出来。

初中和高中阶段，因为岑忠，岑蝶一直在受人白眼和非议中度过。

无论是在学校，抑或是回到家，皆是。

每一天，都可以称得上度日如年。

纵然如此，她还是倔强地从泥潭里杀出来，用一张C大录取通知书给自己的未来画了一个光辉耀眼的门槛，从此，便能远离这个是非之地，海阔天空，重获新生。

和段沉的关系，应该也可以顺利……吧？

这是第一次。

所以，哪怕粉身碎骨，她必须要去试试。

抱着这种信念，岑蝶沉沉地睡了一觉，难得安稳。

倏忽间，闹钟响起。

她被铃声唤醒，一骨碌坐起身，眯着眼望了望窗外暮色，再确定一下时间，便开始起床收拾自己。

推开房门。

岑蝶愣了一下："……妈？"

这个点，张晴没有去打麻将，竟然还坐在沙发上刷短视频，实在是件稀奇事。

听到岑蝶喊她，张晴放下手机，瞥了女儿一眼，继而，应声问道："嗯。要去打工了？"

"对。"

张晴："今天怎么突然穿裙子了？"

闻言，岑蝶头皮有点发麻，条件反射地低下头，打量自己。

这回，她选了一身黑色百褶短裙，长度在膝上一掌左右。上半身搭纯黑色短袖，洗得快要发白。裙子和上衣都是基础款，没LOGO，看布料也不怎么值钱。

偏生，这一身黑，配上岑蝶这张不施粉黛的脸，衬得她整个人白得像是会发光，有种清水出芙蓉似的清纯靓丽，乖得简直不像话。

总归，无论她怎么打扮，穿白裙还是黑裙，似乎都融入不了PUB那个环境，也无法变得八面玲珑、能言善道。只能这般勉强。

思及此，岑蝶心里有些泄气，抿了抿唇，含糊地"嗯"了一声，就要快步出门。

见状，张晴却不依不饶："你不是说穿裙子不方便吗？"

岑蝶脚步停顿，低声答道："有点热，就穿了。"

张晴："岑蝶，你可别因为我不在家看着你，就偷偷做什么坏事去啊。"

"……知道了。"

岑蝶低低笑了一声，在心底感慨张晴的敏锐。

可不就是嘛。

做坏事——很符合她今夜对自己这个行为的诠释。

是夜。

月上中天。

岑蝶站在那家 PUB 门口，攥紧手机，深吸一口气。

这个点，夜场气氛正酣，外头也相当热闹。各种豪车超跑在路边停下，各式打扮的年轻人下车，说说笑笑地走过来，一派肆意张扬。

她驻足不过几分钟，就像是误入了什么电视剧拍摄现场。香车美人，珠光宝气，看得人眼花缭乱。

他们三五成群地路过岑蝶，衬得她仿佛一个局外人。

自然，也有人见她一个漂亮女生站在那儿不动，上前搭讪："美女，在等人吗？请你喝一杯？"

岑蝶慌乱摆手："不用了，谢谢。"

"别客气，进去一起玩呀。"

"真的不用。"

终于，岑蝶将几个搭讪者应付完，摸出手机，给段沉发了一条微信。

岑蝶：我到了。

Duan：进来吧，我让人下来接你。

……回不了头了。

岑蝶再次抬头瞟了瞟 PUB 的招牌，往里迈步。

因为没有人领着，进门时，她被侍者拦住："小姐，晚上好，我们这里是预订制的酒吧。请问您有提前订位吗？”

“朋友在里面。”

她底气不太足。

侍者见多了各色客人，看她打扮素淡，表情游移，心里有了几分猜测，但表面还是十分客气，没有露出丝毫端倪。

他继续问：“方便告知您朋友的名字吗？”

“呃，段沉。”

话音落下，侍者当即变了脸色，语气也肃然起来：“您是段先生的朋友啊，抱歉，请进，我带您过去。”

说完，他背过身，对对讲机低声交代了一句，而后微微躬身，指引着岑蝶向前。

段沉应该还在上次那个包间。

岑蝶认得路。

果然，踏上楼梯台阶，她仰头，与正在往下走的顾庭山对上视线。

甫一见到她，顾庭山便笑起来。

“小蝴蝶来了啊，看来是我出来得太慢了。”

他摆摆手，挥退侍者，动作十分随意，目光却落到岑蝶裸露在外的笔直双腿上。

走道光线昏暗，又有黑裙做对比，越发显得她大腿皮肤莹白细腻，像是上好的瓷器。

顾庭山不得不承认，段沉这个人看女人的眼光确实不赖。

顿了顿，他假意叹息一声，开口调侃：“说真的，蝴蝶妹妹，我现在有种带坏好学生的心虚感。啧。”

岑蝶：“为什么？”

顾庭山耸耸肩，说：“哪有什么为什么？就是感觉吧……我们到了。”

他推开门。

岑蝶循声望去。

包间果然还是上次那一间，不过这回，那面可以看到 DJ 台的玻璃不再透明，像是覆了一层磨砂质地，将一切可能投射过来的视线角度全部严严实实挡上，完全成为密闭空间。

房间也不似上次那般热闹。

此刻，除了岑蝶和顾庭山站在门边，里头就只有两个人。

一个是段沉。

另外还有一个女人。

那女人生得相当漂亮，可以说是能让人眼前一亮的程度。

无论是妆容还是那一身亮片裙，皆是恰到好处，美艳不可方物。

她坐在段沉右手边，手里拿个香槟杯，指腹在杯壁上若有似无地打着转，眼神却落在岑蝶身上，仔仔细细打量着岑蝶。

气氛凝滞数秒。

最终，到底是段沉朝岑蝶招招手，率先开口：“小蝴蝶，到这里来。”

岑蝶抿了抿唇，依言走过去，在段沉另一边沙发上落座。

两人相隔大约有半臂距离，看起来半生不熟模样，很是拘谨。不似那女人，整个人都快要贴到段沉身上。

段沉给岑蝶倒了杯白开水，再侧过头：“你先走吧。”

女人抬了抬下巴，表情十分不情愿，但在对上段沉凌厉眼睛的那一瞬，当即收了声，乖乖站起身。

顾庭山：“妙妙，来来来，我们下去玩。”他揽住女人的肩膀，半推半拽，将她往外拉去。

岑蝶心中微颤，拳头不由自主地握紧了。

原来，这就是妙妙啊。

妙妙很有脾气，甩开顾庭山，嘟嘴：“知道了啦。”说着，大步走出包间。

门被合上前，她回过头，透过门缝，狠狠地瞪了岑蝶一眼。

岑蝶当即垂下眼。

身旁，段沉似乎对这番暗潮涌动毫无所觉，低低笑了笑，随口问岑蝶：“路上热不热？”

岑蝶：“还好。”

“吃饭了吗？想吃点什么？要不要吃水果？”

段沉语气一如往常。

似乎无论身处什么境况下，他永远都能带着温润如玉的假面，不会受到影响。

但，岑蝶年纪还小，没有修炼过，达不到他这种境界。

她怔怔凝视他，始终不说话。

段沉好整以暇，和她对视，问道："怎么了？怎么这样看着我？"

小姑娘声音低低的："你今天为什么叫我过来？"

段沉挑眉："嗯？不是你想来找我吗？小蝴蝶？"

岑蝶吸了口气："刚刚那个妙妙，她是你女朋友吗？"

"不是。"

"那是你的……'炮友'吗？"

说完这个词，她自己的脸先红了一片。

段沉笑出声来，摇头："唔，也不是。"

闻言，岑蝶长长地松了口气，肩膀跟着整个人垮下来。

还好。

还好。

但她还是好奇："那你们……"

段沉想了想，说："该怎么形容呢？或许，女伴？"

各式各样的女人前赴后继。

他与她们逢场作戏，在合适的时刻，进行利益交换，以达到各自心中的目的。

这就像是圈子里的潜规则，很难解释清楚。

岑蝶也不想理解得太清楚，略过这个回答，鼓足勇气，从桌上拿了个干净的酒杯，给自己倒了一杯酒，凑到唇边，试图用酒来壮胆。

没想到，段沉伸手，按住她的手臂。

“小蝴蝶，我马上就要回去了。”

“……啊？”岑蝶愣住。

段沉牵起唇，瞳孔里凝着光，难得笑得有点邪气：“不是跟你说过吗？我只是偶尔才来这里。”

这两句话，段沉说得轻飘飘的。

对于岑蝶来说，却像是一记重锤，狠狠砸在心脏上。猝不及防，将她所有的打算和期盼全部砸得稀巴烂。

脑袋“嗡嗡”作响，她声音干哑，掌心牢牢捏着杯壁：“什么时候？”

段沉：“可能下周？”语气不太确定。

岑蝶又问：“要回哪里去呢？”

明明她心里也清楚，其实这个问题根本没什么必要。

两人相逢一场，要是再往下牵扯，深入下去，肯定会变得不清不楚。

段沉突然告诉她这件事，明显就是没那个意思。

这几乎算得上明示了。

只是，岑蝶自己一厢情愿，实在不愿接受这个结局。

到底是年少。

段沉几不可闻地叹口气，揉了揉额头，似乎有些苦恼。

他问：“小蝴蝶，你真的想知道吗？”

“嗯。”

“想清楚了？”

“想清楚了。”

段沉笑了："别回答得这么快。你是个聪明的小朋友，应该知道我的意思。回去好好想想，再给我答案。"

顷刻间，岑蝶眼睛"噌"地亮起来。

段沉这句话，于她而言，无疑是枯木生花、绝处逢生，但潜台词也已经足够明朗，只等她自己抉择。

岑蝶放下酒杯，郑重地看着他，点头："好。"

"嗯。真乖。"

段沉抬起手，轻轻摸了摸她头发，动作亲昵，但又弥足礼貌，不会让人有丝毫冒犯感。

此刻，岑蝶才后知后觉地注意到，他身上有一丝酒气，眼神也并不如往日那般清明透彻，像是已然喝了不少。只是，依旧矜贵迷人，如同两人第一次见面时那样。

顿了顿，她咬了下唇，小心翼翼地问："段沉，你醉了吗？"

段沉低笑："怎么会。"

身处局中，一个不慎，底下便是万丈深渊。他必须永远保持清醒。

但今天小朋友这么一主动，倒是着实叫他惊讶了片刻，差点失去分寸。

果然，引诱好姑娘变坏，是每个男人逃不了的劣根性。

段沉自认自己已经足够自持。

网早就织好，但不过只是摆在那里。

像是守株待兔的猎人。

若是蝴蝶自己心甘情愿撞上来，那他也用不着含霜履雪，便要就此笑纳了。

“时间还早……小蝴蝶，要不唱个歌吧。”他随口提议。

岑蝶点点头，没有拒绝。

恰好，顾庭山推门走进来。

只有他一人，妙妙没在。

听到段沉这句话，也不管是不是有头有尾，顾庭山习惯性地出声调侃：“啧，段少爷真是大少爷啊，怎么还对着咱们小蝴蝶点歌呢？要不然，我去楼下点几个漂亮妹妹来给你唱？”

闻言，岑蝶连忙说：“没关系的。我不介意。”

段沉：“你看，她不介意。”

两人对视一眼。

顾庭山立马明白状况：“行，算你牛……小蝴蝶知道机子怎么开吗？”

“啊？”

岑蝶不明所以，发出一个单音节词，以表迷茫。

顾庭山走到房间角落，拉开一个隐形柜，不知道按了一下什么位置，前方墙上缓缓降下来一面投影幕布。

房间骤然变成了 KTV。

他又把话筒从柜子里拿出来，连同手机，一起递给岑蝶。

“喏，APP 上点歌。”

岑蝶接过，再低声道谢：“谢谢你。”

顾庭山摆摆手，笑道：“不用客气。如果真的谢谢我，要不然，我来给你点一首？”

“好呀。”

岑蝶并不和他客套，试图努力让自己看起来落落大方。

顾庭山在手机上敲敲点点几下。

很快，环声音箱里传出第一声伴奏。

投影里跳出王心凌多年前稚嫩青涩的脸。

“《花的嫁纱》，会唱吗？”

岑蝶：“会。”

这是一部偶像剧的片头曲，当时还挺红。

那时候，电视没有现在各种视频软件的功能，没法跳过片头，每集开头放这首歌，她被动听了很多遍。

顾庭山扭头看向段沉：“段少爷看过没？”

段沉：“没有。”

顾庭山也不讶异，说：“咱们段少爷从来不看这种偶像剧。是吧？”

说话的工夫，前奏结束，屏幕上跳出第一句歌词。

岑蝶清了清嗓子，拿起话筒。

事实上，她并不怎么会唱歌，一直独来独往，也没什么机会和朋友一起去 KTV。但她占了声线优越的优点，声音清新透亮，自带一些少女软糯的韵味，咬字和发声方法又受海市方言影响，会吞一点点尾音。

绵软。

且粘连不休。

像是私语。

无论是说话还是唱歌，都听得人很舒服。很容易就能忽略她唱歌技巧上的不足。

“花 / 开在太阳下 / 等着情人呀 / 努力盛开却 / 等不到它……”

第一句就让段沉蹙起眉，警告似的斜了顾庭山一眼。

顾庭山耸耸肩。

岑蝶没注意到这个小动作，还在专注继续：“爱 / 是花儿的芬芳 / 是蝴蝶的翅膀……”

她一顿，乍然收声。

顾庭山：“怎么样？我选得还不错吗？是小蝴蝶的歌。”

岑蝶想应和着笑一笑，但怎么都笑不出来。

因为下一句是——“爱在孤独中绝望，在绝望中坚强”。

下一秒，顾庭山投来怜悯的目光。

岑蝶垂下眼，兀自握紧了话筒。

大概是为了不影响岑蝶做抉择，后头一周，段沉再次消失。

午夜像荒地，安静得摄人。

挺好。

适合独自思考。

自从两人吃过那顿早饭之后，岑蝶一直处于一种沸腾状态，好似血液在血管里拼命奔跑，连带身上每一个毛孔都在燃烧，难以冷静。誓要一往无前，不死不休。

但就算沉下心来反复思索，她也不愿改变这个决定。

人这一生，能遇到几次奋不顾身的爱？

纵使它发生在十八岁。

纵使自己还年轻。

至少，这一刻的冲动，是真挚而闪烁的，不掺任何杂质。

她想要试图伸手摘月，失败也值得。

岑蝶：段沉。

岑蝶：你要回哪里去？

岑蝶：我想知道。

发完消息，小姑娘抱着手机，紧张兮兮地瞪着眼。因为对方迟迟没有回复，到底是扛不住疲惫，沉沉睡去。

岑蝶做了一个梦。

她梦到了妙妙。

很奇怪，岑蝶与妙妙不过是一面之缘，连话都没有说过一句，但对方竟然进入了她的梦。

梦里，妙妙还是穿着亮片裙，站在城墙之上。而岑蝶站在城下，仰着头，与她对视。

“你在做什么？”她问妙妙。

语气应当是焦急的吧。

但除了焦急，又多了点其他说不清道不明的犹豫，令人不禁心生懊恼。

妙妙反问她："你以为能是你吗？"

她沉默着。

"不是我，也不是别的女人，你难道觉得，命里就该是你吗？可笑。"

她沉默着。

"你以为你能翻过这座城墙吗？这不是砖块，是铜墙铁壁，是钢筋水泥浇筑的、越不过去的天堑。我们这种人，连爬上来窥一窥那头的风景，都罪该万死。"

岑蝶瞠目结舌，半晌说不出话来。

上方，妙妙还在继续说话："他们不会爱上任何人。别痴心妄想了。"

他们只爱自己。

妙妙身后是一望无际的天空，天蓝得如同被水洗涤过，不见一丝杂色，油画一样漂亮。

岑蝶明明似懂非懂，却觉得心悸不已。

下一秒，她倏地睁开眼。

不知道什么时候，空调已经被张晴偷偷关掉。

冷气停止运作，满室燥热。

岑蝶睡得满身大汗，心跳如雷，快要从胸腔蹦出来。

这个梦是什么意思？

是预兆？

还是警示？

岑蝶缓了口气，顺手将手机捞过来，按亮屏幕，瞟了一眼。

Duan：我后天的机票。

Duan：明天见一面吧。

后头跟了一个地址。

顿时，岑蝶心中的杂念芥蒂都消散得干干净净，蓦地坐直身体，将三条信息反复看了数遍，赶紧回了一个“好”，又忙不迭地在电子地图里搜索那个地址。

竟然是个酒店式公寓，名字挂在海市知名豪华五星级酒店底下，价格理应也足够奢华。

岑蝶眉头微皱，抿着唇，手指僵在原地。

屏幕上，对话框里那个“好”字，映着背景光，显得过于兴高采烈，因而略有些刺目。

良久，她做了个深呼吸，终于回过神来。

岑蝶：我会来的。

岑蝶：明天见。

次日就是8月12号，农历七月半。

窗外，蝉鸣不休，声嘶力竭地喊着“知了知了”，平白给这炎炎白日增添几分凄厉惨烈。

时间仿佛被无限拉长，左等又等，总算等到日暮西山。

夜色缓缓降临。

张晴换好衣服，走到客厅，再拎起大包小包的塑料袋，回头大声喊道："岑蝶！走了！"

"来了。"

岑蝶推开门。

张晴皱眉："就到楼下烧烧，侬还背包做什么？过来帮我拿点东西不是蛮好？"

岑蝶身上是日常装扮，短袖加七分收口运动裤，并没有张晴那么隆重，但背了个书包，是一副准备外出的行装。

事实上，两人只是去楼下烧点纸钱而已。

小区皆是老旧民房，找一块空地，画个圈，充其量走不出一百步距离。

岑蝶含含糊糊地"嗯"了一声，垂下眼，没有多做解释，只低声说："晚上要去店里。"

张晴："不是让你请好假了吗？你忘记了？"

岑蝶："没有。但我只请了几个小时假。烧点纸用不了多久的，反正你晚上也要出门打麻将不是吗？"

闻言，张晴五官拧到了一起，单看表情，像是立刻就要发作起来。

今夜，岑蝶撒了谎，自己就有点心虚，不想和她争吵，干脆随手接过她手头一大包纸钱，率先大步往外走去。

行至楼道，她才回过头。

屋内，张晴也歇了火，冷着脸往外走。

母女两人一前一后，忽略邻居家那些窸窸窣窣声，走出居民楼。

小区里住了不少老人。

这个点，路灯已经亮起来，只是不甚明亮。

在那些阴影位置，间或蹲着几个身影。

空气里弥漫着某种焦味，是火苗在舔舐着各种纸张，无端让人感觉肃穆。

张晴和岑蝶无疑是小区里的名人。她们俩一出现，立马就有好奇的目光投过来。

岑蝶不自觉蹙起眉。

相比之下，张晴倒是淡然，旁若无人地蹲下身，用粉笔在空地上画了个圈，而后，再将塑料袋打开，将里头的元宝纸钱全数倒出来。她拿起其中一只，用打火机引燃，丢到圈里。

火光下，她的表情平静到近乎冷漠。

“收吧收吧，到底下去之后，再去赌吧。哼，这回用不着借钱了，总不会再捅别人了吧。”

顷刻间，岑蝶明白过来。

对于岑忠，张晴不是不怨怼的。

但世事从来如此。

冥冥之中，一切皆有定数，由不得凡人来置喙。

晚上十点多，夜已半深。

岑蝶站在那家酒店式公寓门口时，心里想的就是刚刚那句话。

但她偏偏不愿接受定数。

岑蝶深吸一口气，将包往上背了背，昂首挺胸，走进公寓大堂。

大堂有接待。

她再次将段沉的名字报出去。

接待的小姑娘查了一下电脑，立马准确地喊出了她的名字：“岑小姐？”

岑蝶点头：“是我。”

“岑小姐晚上好，段先生等您很久了。请您在这里登记签名，稍后，我会为您刷开电梯。”

“好，感谢。”

岑蝶签过名，再跟着走进电梯。

电梯直达顶层。

因为楼层高，加速时，难免产生一点点失重感。

中途，她回过头，定定地看向电梯里的玻璃。

镜中女孩还是刚刚那套衣服，与此处华丽装修格格不入。

她的面容青涩，但眼神却无比坚定，唯有泛红的脸颊出卖了一点点内心。

岑蝶用手背碰了碰脸，深吸一口气。

“叮——”

电梯抵达顶层。

这里应该是一梯一户设计，门一打开，她就看到了段沉的身影。

此刻，男人正坐在弧形沙发上。他鼻梁上架着一副眼镜，膝上放着平板电脑，一只手在屏幕上点点划划，另一只手则夹着一支烟。

远远看过去，距离感极强，有点小说男主角那种斯文败类的感觉。

岑蝶还是第一次见段沉戴眼镜，愣了一下，脚步跟着停下，打算欣赏几秒。

然而，段沉已经听到响动。

他抬起头，将平板电脑关上，再随手按灭烟，朝她招招手。

“小蝴蝶，”段沉喊她，“晚上好。”

岑蝶：“……晚上好。”

“关一下门。”他挑挑眉，嘱咐她。

岑蝶点点头，轻轻“哦”了一声，回过身，将电梯和客厅之间那道门关上。

“咔哒！”

电子门锁转过两圈，发出“嘀嘀嘀”的提示音。

如同惊雷，敲在她心上。

整个密闭空间呈现出些许缺氧感，令人呼吸难以通畅，但因此，思维却越发清晰。

岑蝶抿了抿唇，一步一步朝段沉走去。

段沉端坐在沙发上没动，只好整以暇地看着她，似笑非笑的模样。

恍然间，岑蝶产生了错觉。

他是端坐明堂，在等待万人朝拜。

而自己，就是月光最虔诚的信徒。

岑蝶加快速度，三两步走到段沉面前。

两人一站一坐，对上视线。

段沉：“坐啊。”

他拍拍旁边的沙发。

岑蝶却没有依言坐下，而是向段沉伸出手。

她低声喊他：“段沉。”

“嗯？”

“我可以吗？”

对于小朋友的直接，段沉一点都不惊讶。

他将眼镜摘了，随手扔到旁边，再伸手，抓住岑蝶的手腕。

小蝴蝶生得瘦，连手腕都是嶙峋，完全没肉，捏上去都是骨头。

思及此，段沉随口道：“小蝴蝶太瘦了。”

岑蝶：“……以后我会吃胖点的。”

如果他喜欢的话。

段沉成功被她逗笑，只觉得她实在可爱，招人喜欢。

“这么可爱啊。”

说完，他手上发力，重重一拽。

岑蝶毫无防备，瞪大了眼睛，整个人抑制不住地跌落下去，被段沉拉着摔进他的怀中。

两人第一次如此近距离接触，简直可以称得上亲密无间。

岑蝶脸上轰地烧起来，红晕从脸颊蔓延，一直蔓延到耳尖，一同着了火。

段沉倒是依然平静，只凝视着她水光潋滟的眼眸。

他空出手，箍住岑蝶的下巴尖，逼迫她抬头，与自己对视。

“真的想好了吗？”

“想好了。段沉，我想知道你要去哪里。”

岑蝶鼓起万丈勇气，抬手，拨开他桎梏，脸凑过去，主动吻上他的唇角。

是一种近乎仰望的姿态。

虔诚到令人迷乱。

“……段沉，段先生，我好喜欢你。”

只做他一个人的蝴蝶就好了。

岑蝶想。

少女眼中满含羞怯，几乎不加掩饰，动作却诚挚又热烈。

段沉历经沉浮，见过各色各样的女人，不免也被这番景色迷了眼。霎时间，他跟随她一同乱了心魄，失去几分理智。

在岑蝶将要后退时，段沉倏地伸出手，牢牢压住她的肩膀。

他眼神晦暗不明。

岑蝶再次被迫倒向他。

这回，段沉成了主动那方。

他不再只如刚刚那般，允许她浅尝辄止、一触即离，他侧过头，准确地吻住了她的唇，游移几寸，顶开“蚌壳”，肆意攻城略地。

动作霸道又强势，不容人退缩分毫。

对于岑蝶来说，这是一个真正意义上的吻。不是蜻蜓点水那样纯情，而是男人明显带有侵略和占有性质的吻。

岑蝶被段沉衔住唇瓣，舌尖相触。

被他抵着齿。

被他吞没。

他在以疾风骤雨般的攻势点燃她。

迷蒙之中，岑蝶发誓，自己已经开始迷恋段沉身上淡淡的烟草味道，已经开始渴望完整地拥有这个男人。

这种感觉就像是烙印一样，牢牢镌刻在脑海里。

或许，从此以后，她再也不会爱上其他人了。

酒店式公寓和普通住宅的构造基本没有差别。

段沉这套是个平层套间，单客厅面积就极大，当中没有做隔断。从玄关处一眼望进去，遥遥地，能直接看到落地窗外的迷离夜景。加上冷色调内装，白色顶灯，更显得气氛冷漠，好似空荡至极。

此刻，光线从屋顶慵懒地洒下来，将沙发上两人表情照得越发分明。

一吻终了。

岑蝶在段沉腿上坐直身体，手臂搭在他肩头。

她眼中氤氲着浅浅雾气，嘴唇微肿，透着殷红色泽，目光却缱绻，专注地注视着面前的男人。

段沉笑了一声，抬起手，手掌轻轻落到岑蝶脸上，将她的眼睛遮住。

她眼前一片漆黑，什么都再看不见，只能听到低沉温和的声音在耳边响起。

他在说：“别这样看着我。”

岑蝶没有挣扎，只狐疑地眨了眨眼睛：“为什么？”

她的睫毛很长，像一把小扇子，扇动时，免不了在段沉掌心扫过。

仿佛被一片羽毛逗弄着，勾起心底一阵痒意，难以自制。

段沉没有收回手，声音却哑了半分：“你说呢？”

岑蝶愕然：“我还以为……”

“嗯？”

“其实……”她有些说不出来。

事实上，在看到地址那一刻，岑蝶就已经做好决定。

但段沉这话，又像是她误解了对方的深意。

不可否认，因为事情并不如自己预料那般发展，反倒让人觉得心里七上八下，悬而未决，很是折磨人。

岑蝶脑袋一热，手臂收紧，环住了段沉的脖子。

“段沉。”

“嗯？”

其实，她就是这个意思。

她想和他在一起。

所以，对她做什么都可以。

只要能够让她如愿。

岑蝶脸皮薄，不好意思将心里话大剌剌地说出口，干脆化为行动。

黑暗中，她摸摸索索，从段沉的脖子摸到他的领口。她顿了顿，指尖再一点点往里探去，触到他身上温热皮肤，试图让这混乱的夜越发沸腾。

段沉没有阻止小朋友作乱的手。

在这场关系中，从始至终，他都是游刃有余的一方。

但是，岑蝶和其他女人都不同。不是棋逢对手，也不是心怀不轨，她单纯得能一眼看穿，心思白纸一样，全数写在脸上。

她越是这样，越是无端地，让段沉竟生出了怜惜之情，没能如过去那般杀伐决断，干脆利落。

大抵也是因为如此，他才会再一次出声，反复确认：“小蝴蝶真的想好了吗？”

“……想好了。”

回答时，她不经意微微喘息，试图掩饰。

段沉眸色黯了黯。

他松开手，让她能重见光明。

从目不视物到光亮一片，岑蝶有些不适应，先闭了闭眼。

下一秒，段沉的吻落到她脖颈上，带着情欲的味道。

迷迷糊糊间，岑蝶听见他说：“我还没你想的那么坏。”

岑蝶试图理解这句话的深层含义，但来不及细想，意识已经开始悄然模糊。

…………

02

夜太漫长。

岑蝶今晚去外面烧了纸，没有换衣服就匆匆过来，身上还残留着点点星火气味。

段沉闻到这个味道，习惯性蹙了蹙眉，按着她，随手且暴力地将她的短袖脱了下来。

上半身陡然浮起凉意，岑蝶“嘶”了一声，默默倒抽一口冷气。

段沉将她整个人抱起，站起身，轻轻松松地迈开步子，往浴室方向走去。

浴室里，光线明显温暖许多。

岑蝶靠在段沉怀里，一眼扫到硕大的按摩浴缸，只觉紧张不已，心跳比之刚刚更加失衡。

没想到，段沉径直略过浴缸，抱着她一同走进淋浴。

他将她放下，扶着她纤细腰肢，又掀了掀唇，低笑一声，抬手，设置好水温，打开花洒。

热水自头顶洒下，一瞬间，将两人身上所有布料浸透。

岑蝶条件反射地闭上眼，身体也跟着瑟缩了一下。

水流中，段沉的唇沿着她的锁骨一点点往下滑。

这种对即将发生的事情的预感，让岑蝶觉得很紧张。

甚至，紧张得头皮都发麻。

但是，她依旧在努力，努力试图向心上人打开自己。

Hu Die Lai Xin

爱能战胜恐惧与未知。

相比之下，段沉的动作倒是不急不缓，像是在诱捕迷路的蝴蝶，骗它飞向自己，钻进猎人圈套。

但不知不觉中，岑蝶抖得越发厉害。

倏地，段沉善心大发，动作停顿下来，关了花洒，拥住她。

男人身材高大，能将纤瘦的小蝴蝶整个儿搂进怀里。

“很害怕吗？”他安抚般拍了拍她的后背，凑到她耳边问。

岑蝶脸烧得通红，不敢抬头，只小幅度地摇了摇头。

“真不害怕？”

“……不。”

段沉轻笑：“小蝴蝶，你真的很有意思。”

岑蝶很想问，到底哪里有意思呢？

自己哪里能吸引到他，以后，她就能继续发扬这个优点，争取让他一直觉得有意思。

她酝酿了一番措辞。

不过，段沉却没有给她这个机会提问，似乎也不需要答案，只兀自岔开话题，抱着她与她闲聊起来。

他随口问：“今天是什么日子？”

“12 号，怎么了吗？”

“刚刚闻到你衣服上有火星的味道。”

岑蝶“哦”了一声，有点不好意思，闷声解释：“今天是农历七月半，中元节，要祭祀。”

“你白天去扫墓了？”

“没有，就在小区里烧了点纸。”

一问一答间，她的情绪逐渐平缓下来，身体也没有刚刚抖得那么厉害了。

段沉第一时间察觉到这一点，却也没有急着继续，只是抱着她。

两人浑身上下都是湿漉漉的，身体勾缠在一块儿，有种艳丽的美感。

段沉亲了亲岑蝶的耳尖，又问：“给你爸？”

岑蝶一愣：“你怎么知道？”

“唔。”

段沉没有解释，岑蝶却一下明白过来。

或许，在两人第一次一起吃饭的那个早晨之前，段沉早就将她祖上三代的情况摸透彻了。

自己那点可笑的自尊心，在段沉面前，大概早就无所遁形了吧。岑蝶在心里苦笑了一声，点头。

段沉又摸了摸她湿漉漉的发，动作像是在抚摸一只流浪小猫。

“可怜的小蝴蝶。”他轻声感慨。

这样也行。

怎么样都可以。

岑蝶扑在段沉怀中，听着他心跳，只觉得满足得不能再满足，有种夙愿得偿的幸福感。

停顿半秒，她开口：“你还没告诉我，你要回哪里去呢？”

段沉：“和你将要去的地方一样。”

岑蝶讶然：“京市？”

“嗯。很意外吗？”

“不太意外。就是觉得……还蛮巧的。”

她早就预想过，但又害怕只是一场痴心妄想，最后失落加倍。现在，得到段沉准确的答案，心就放下了一大半。

如果两人有同一个目的地，这是不是代表，自己还有更多机会？

段沉几乎能猜到岑蝶在想什么。

不过，目前还有更重要的事。

他抓着她的手，引领着她往下，轻轻握住。

“……这么不好意思？你脖子都红了。”

岑蝶害羞得讲不出话来。

段沉挑了挑眉：“这样可不行。”

“……我会努力的。”

得到这个答案，连段沉都不禁怔了怔。

这回，他倒是没有再取笑她，只轻轻喟叹了一声，又将声音压得更低：“这么想和我在一起吗？”

“嗯。”

岑蝶郑重地点点头。

段沉：“那我带你走吧。明天跟我一起走，好不好？”

闻言，岑蝶迟疑了一下：“明天……不行吧。还没开学，我还要打工呢。”

随着她转开注意力，陷入深思，手上的动作也停了下来。

段沉又去捏她的指尖，指引她，哑着嗓子随口应道：“这个工作有什么可做的。”

“要挣学费。”

他想也不想：“我给你出学费不就好了。”

话音落下，岑蝶再一次停下动作。

暧昧因子一扫而空。

淋浴间内，气氛仿佛陡然冷落下来，降入冰点。

这次，岑蝶终于肯抬起头，愣愣地看向段沉，满眼惊诧。

“段沉……你是这么想我的吗？”

段沉蹙起眉。

岑蝶仰头看他，一错也不错眼。

这时，她猛地意识到，段沉就算是染上了情欲之色，依旧掩藏不住眼中凌厉意味。

这合该是一个身居高位的男人，再温润如玉的外表，都不过只是假象。

骨子里，他大概永远都强势而霸道，高不可攀，不容旁人违逆。

所以，因为自己刚刚那个问题、那个停顿，段沉不高兴了。

可是，她更委屈，更该觉得悲哀，不是吗？

一时间，两人都没有开口，只余呼吸相对，沉默绵长。

岑蝶得不到答案，眼眶不由得开始发烫。生怕在段沉面前流泪出糗，她赶紧伸手摸到墙边，再次打开花洒。

“哗啦——”

水流湍急。

恰好，能遮掩几分。

岑蝶忍着哽咽，匆匆丢下一句：“不用，我不是因为钱才来的。”说完，转过身，落汤鸡似的跑出了浴室。

短袖刚刚被段沉丢在沙发扶手上。

内衣还在身上，只是被水冲得湿透了。

不过外面天气热，用不了太久，多半就会自然风干。再加上现在又是晚上，应该也不会有人注意到。

岑蝶从纸巾盒里抽了几张餐巾纸，随便擦了擦头发和肩膀，顾不上难受，再将短袖乱七八糟地往身上套好，扯平。

这会儿工夫，段沉也从浴室走了出来。

不过，比之岑蝶刚刚那番凌乱不堪，他倒是不急不缓，已经在里面套上了浴袍，看起来毫不失仪。

听到脚步声，岑蝶没有抬头，自顾自地继续整理自己。

段沉斜靠在墙边，抱着臂，默默注视着她的动作，一派面无表情的模样，整个人丝毫看不出情绪。

但他这种做派，却叫岑蝶越发觉得难受。

委屈就像是气泡一样，“咕嘟咕嘟”，抑制不住地往外冒。

不可否认，她应当是可以因为喜欢，抛弃所有自尊心。

只不过，前提是喜欢和爱，而非段沉给她的这种回馈。

岑蝶停下动作，深吸了一口气，轻声开口：“段沉……贫穷或许是我的羞耻，但你不是。”

闻言，段沉微微叹息，声音依旧如往日那般平和温柔。

他开口：“岑蝶，我不是那个意思。我说了，我没有你想的那么坏。”

岑蝶抬眼望向他。

段沉说：“我只是觉得……其实，接受我的好意也无妨，不是吗？既然已经到了这一步，我就没打算同你随便玩一玩。有时候，人应该活得更通透一些。”

在段沉看来，岑蝶这种愤怒，完全毫无必要。

既然现在，他对她有好感，他尚且还算喜欢她，那么，她就应该利用好这份喜欢，在他们的关系还没有一拍两散之前，为自己争取一些便利才对。

这也并不单是一种利益交换。

其实，无论是夫妻之间、亲人之间，抑或是朋友之间，都可以善加利用。

岑蝶每天在便利店打工，上夜班、搬货，肉眼可见的辛苦。且，这份工作是机械的，对于一个准大学生来说，没有什么技术含量，压根没有继续下去的意义。

如果她聪明一些，就该顺着他的话，接受他的好意，同他一起离开。

无论两人是什么关系，只要她为自己考虑，都应当这么做。

小朋友到底还是小朋友。

段沉有心教她，但掀了掀眼皮，径直对上她失望痛苦的目光，他难得感觉到有心无力，不得不败下阵来。

段沉："……抱歉。"

可惜，岑蝶已经陷入了恼怒状态，一点都听不进去。

她拿起包："我要回去了。"

这回，段沉没有任由她离开，长腿一迈，往旁边跨了几大步，挡住她的去路。

"你打算就这么走吗？"

"……嗯。"

段沉："太晚了，留在这里住一晚吧。明天我送你回家。"

岑蝶摁亮手机屏幕，瞟了一眼："不晚，地铁还没停。"

"听话。"

这两个字一出，岑蝶当即就绷不住了，眼泪从眼眶里簌簌滚落，止也止不住。

她连忙又抽了纸，胡乱擦了一气，泪眼婆娑地注视着面前这个男人。

"段沉，你是不是觉得我特别矫情？"

段沉被她逗笑了，走上前来，接过她手中的餐巾纸，慢条斯理地展开，重新叠好，再轻轻为她拭去眼角残留的水渍。

接着，他温声答道："任性是小朋友的特权。"

"……我不是小朋友。"

"漂亮的小蝴蝶更加有资格发脾气，全世界都会原谅她。"

"只是因为漂亮吗？"

“唔，再加点可爱？”段沉笑了笑，“任性点也没关系，我喜欢就行。”

岑蝶蓦地一顿，不说话了。

这是段沉第一次明确对她说出“喜欢”这种话。场景却显得有些不合时宜，设身处地，让人感受不到几分真心，更像是吵架过后的安抚之词。

但纵然如此，她还是非常没骨气地立刻觉得欣喜若狂。

段沉这个人，冷漠又温柔，矛盾且神秘，充满吸引力。

从初识时，好似便是如此。

岑蝶控制不住自己的心，自然，对他没有丝毫办法。

霎时间，段沉就能感觉到，小朋友已然不再坚持。

他轻轻摸了摸岑蝶光滑的脸颊，再收回手，走到沙发旁边，拿起电话：“麻烦送一套女士睡衣上来，再送点夜宵，两人份。”

不过十来分钟，一个管家模样的女人按门铃进来。

她手里端了个托盘，手臂上还挂着不少东西。一进门，她先朝着段沉恭敬地鞠了一躬，再放下托盘，快步走入客卧，开始整理收拾房间。全程手脚麻利，但动作很轻。明明穿着高跟鞋，却听不到多少脚步声，像是隐形人一样。

等管家结束工作离开后，段沉才看向岑蝶：“去休息吧。”

岑蝶讶然，讷讷半天，说不出话。

段沉挑了挑眉：“怎么了？”

岑蝶：“我……”

事实上，自己也说不清楚。

各种想法不断往外冒，令人觉得手足无措。

冷静下来之后，她不甘心，又无可奈何。

段沉开口：“嗯？或者，你先去换掉湿衣服，再出来吃个夜宵再睡？本想留着等你晚上饿了再吃的。不过时间确实也不早了。”

一言一行、一举一动、所有安排，竟然皆是毫无破绽。

岑蝶点点头，兀自走进客卧，重新冲洗了一下，换上睡衣。

餐厅里，段沉已经坐到桌边等她，依旧是八风不动的表情。

此刻，桌上摆了七八个小碟子，都是刚刚管家拿出来摆好的食物。每碟都不一样，分量都不多，配色看着很精致，很容易激发食欲。

“来这里。”

段沉抬眸，朝岑蝶招招手。

岑蝶深吸一口气，垂着眼，默默坐到他对面。

两人静静地将这顿夜宵吃完。

谁都没有再讲话。

这一夜，注定难眠。

客卧床和主卧一样大，KING SIZE（特大号），床垫床品都是高档品牌，柔软舒适。

躺上去，就像是睡在云里。

岑蝶家空间有限，从小到大都睡一张单人床。张晴说小孩子睡席梦思对脊椎不好，只给她在硬木板上放薄薄一层床垫了事。

她一直是这么长大的，从来没有体验过任何金钱所带来的舒适与便利。生活的方方面面，皆是如此。

所以，在段沉所展现出来的这般泼天富贵面前，她患得患失，茫然无措，每一步都走得小心翼翼，生怕行差踏错，惹得他生厌猜疑。

……亦如今日。

身份和地位带来的巨大阶级差异，叫人难以直言爱意。

黑暗中，岑蝶懊恼地抓了抓头发，将脸埋进枕头里，发泄般无声尖叫起来。

辗转反侧许久，不知不觉，已是月落星沉时分。

岑蝶脑内那根亢奋的神经终于彻底宣告罢工。

她合上眼，呼吸逐渐平缓。

再次恢复意识时，岑蝶朦朦胧胧的第一感觉，是落在脸颊上的触感，冰凉又刺激。

她拧了拧眉，缓缓睁开眼，猝不及防地对上一双熟悉的眼眸。

“早安，小蝴蝶。”

呼吸沉默一霎，岑蝶陡然清醒过来，刺溜一下坐起身，侧了侧脸，避开段沉的含笑目光，磕磕绊绊地问道：“你、你怎么在这儿……怎么进来了啊？”

说着，她还没忘伸手摸了摸嘴角，以确定自己睡梦中没有流口水，失去形象。

毕竟哪怕是再好看的女生，刚刚睡醒时，也不能确定自己完美无瑕。

段沉坐在她床边，勾唇轻笑一声，耸耸肩，这才温声解释：“我敲门了，但是你好像没听到。”

“呃……”

“抱歉，因为时间快要迟了，不得不进来叫醒你。”

岑蝶一愣，张了张嘴，喃喃：“你要走了吗？”

段沉：“是。不过请小蝴蝶吃一顿早餐，再将她送回家去，这点时间还是有的……或者，你想在这里继续再睡一会儿吗？那过会儿我只能让管家送你了。”

岑蝶二话不说，一骨碌爬起来。

“不用，我不睡了，马上就能去吃早餐。”她飞快回答。

段沉点头，拍了拍她的脑袋，站起身。

“衣服给你准备好了。我去外面等你。”

“嗯，好。”

新衣服就在床头柜上，叠得整整齐齐，不像是段沉的手笔。大概是直接从管家那里拿过来的。

岑蝶翻了翻，是一条白色雪纺裙，料子摸起来滑溜溜，过手就觉得很舒服。

旁边还有配套的腰带、胸针。

连鞋袜都准备了搭配的一整套，正放在地上。

裙子上没有LOGO，但胸针和腰带上都有。

岑蝶虽然对大牌没什么了解，只不过，那两个背靠背勾在一起的字母C，实在是太过于大名鼎鼎、如雷贯耳，也不由得人无知。

衣服旁边还有个纸袋，里头放了昨天她穿来那一身。

自然，明显也已经干洗熨烫过，万分妥帖。

她迟疑半秒，将白裙放回床头柜，穿上了自己的衣服，走出卧室。

段沉从平板电脑中抬头，打量她几眼，手指微微顿住。

他笑问："裙子不喜欢？"

岑蝶："没有不喜欢。"

"那怎么不穿呢？"

"怕家里人怀疑。"

这是一个冠冕堂皇的借口，细细想来，也十分合理，并不会让段沉觉得她不识好歹。

毕竟，岑蝶昨天是说回便利店继续打工，总不好贸然换一身衣服回家。至于张晴这个点会不会在家，就不必细说了。

段沉点点头，果然没有再多问。

"走吧。"

"……嗯。"

早餐是在隔壁酒店自助餐厅吃。

岑蝶不希望这种尴尬气氛继续下去，只得硬着头皮努力找话题。

幸好，段沉也十分接茬。

他就是有这种魔力，哪怕是敷衍疏离，也不会明显表现出来。只要他想，态度就能永远那么恰到好处，让人如沐春风。

“……小蝴蝶选的专业是国际关系？”

“对。”

段沉想了想，笑起来：“确实是C大的王牌专业。这么说来，小蝴蝶毕业以后有什么打算呢？是想出国吗？还是想做外交官？”

岑蝶：“没想这么远。只是觉得这个应该挺有意思的。”

“挺好的。”

许是因为气氛缓和到这里，下一秒，岑蝶话没经过脑子，径直脱口问道：“那你呢？你是什么学校毕业的？”

抑或，只是她内心太想知道了，关于段沉的一切，她都想了解。

段沉倒没有生气，只挑了挑眉：“嗯？问我吗？”

岑蝶抿唇，声音低下去：“不说也没关系……”

“我是在国外上的学。”

说完，他报了个名字。

岑蝶瞪大了眼睛，讶然感叹：“这么厉害！”

闻言，段沉忍不住笑出声来：“我看起来这么像学渣吗？”

“当然不是！就是……”

在岑蝶的想象里，段沉这种权贵人家的太子爷，生活理应丰富多彩，应该不会花太多时间在学业上。

他可能是在赛车场开赛车，在夜店、在球场、在宴会厅……在任何一个地方，总归不像会待在课堂里。

段沉摆了摆手："没关系。只是随便聊天而已，小蝴蝶不要紧张。"

怎么可能不紧张呢。

岑蝶苦笑。

不多时，早餐结束。

段沉确认了一下时间，起身，同岑蝶说："走吧，我送你回家。"

"啊？那你呢？"

"送完你再去机场。来得及。"

这回，岑蝶没有拒绝。

在一番心理斗争之下，她将自家地址报出来，坦然坐入超跑之中。

段沉应该早就知道，并不讶异，按照导航，将她送到破旧小区门口。

停下车，他扭过头，看向岑蝶："小蝴蝶，那我们京市再见？"

岑蝶用力点点头。

段沉："到那边了联系我。嗯？"

"好。"

"真乖。"

语毕，段沉等她解开安全带，骤然拽住她手腕，将她整个人往自己这边拉了一把。

一个吻落在岑蝶唇角，一触即离。

她呆呆瞪大了双眼。

段沉松开她，笑笑：“我改变主意了，没到京市也能联系我。你有这个资格，知道吗？”

她还是呆呆的。

“回去吧。”

虽然说了那样的话，但暑假最后半个月，岑蝶并没有主动和段沉联系。

他的微信对话框一点一点往下掉，逐渐被各种订阅号、公众号消息替代，直至消失在第一页。

很多个深夜，她都会不自觉摸出手机，点开输入界面，构思着应该说些什么，而后，再颓然退出去。

她目前的生活里，好像也没有什么事情可以详细同段沉诉说。不过是每天拼命兼职赚钱，昼伏夜出，直至精疲力竭。偶尔，还要抽空应付张晴。

鸡零狗碎，实在不值一提。

她信誓旦旦的一腔孤勇，好像轻易就在无人处，败下阵来。

幸好，在岑蝶这种焦急渴盼的心情中，时间似乎也很给面子，开始走得飞快。

C 大新生报到日定在九月第二周。

九月初，岑蝶和店长做完交接，结束两个多月的便利店打工生涯，回家整理行李，准备前往京市。

对此，张晴竟然一直没什么表示，总归显得有几分反常。

临出发，岑蝶最后一遍检查证件，找来找去，怎么都找不到一张常用银行卡。

她猛地意识到，立刻给张晴打电话。

“嘟——嘟——”

电话响了七八声，那头终于接起来。

不出意外，张晴还是在牌桌上，背景音里间或能听到几声“碰”“吃”，还有摸牌理牌的动静，“哗啦哗啦”作响着。

她漫不经心地道：“岑蝶？什么事？哦对，你是今天的高铁吧？什么时间？要不要妈一会儿去送你？”

岑蝶抿了抿唇，抑制着怒火，开口：“妈，你拿了我的卡是吗？”

张晴“呀”了一声，语气有些大惊小怪，做作不已：“什么卡？你这小姑娘，不会是把钱丢了吧？我说让你把钱给妈妈保管吧！这下好了，看你怎么办……”

这话一出，岑蝶当即心下了然。

“妈，这张卡里没钱的。”她低声叹气，“为了用起来方便，我早就转到APP账户里了。”

张晴一愣，声音立刻高亢起来：“岑蝶！好呀！就为这几千块钱，你居然还防着你妈呢！真是白养你十几年了！”

岑蝶实在不想同她争吵，干脆利落地截断她：“也不用送了。我一会儿自己搭地铁去高铁站。

“妈，再见。”

再见，这噩梦一样的糟糕生活。

岑蝶挂断电话，不由得长长舒了口气。

此刻，她就要跨出泥潭，开启新人生了。

谁都无法阻挡她。

03

夜幕降临时，高铁抵达京市。

在人流中，岑蝶拖着行李箱，快步走下车。

C 大有新生接待。这几天是报到日，每天都会有学生会学长学姐在高铁站举牌接人，领着新生们一同去学校。

早先时候，她已经在新生群里了解过时间和接待方式，很快，便在出站口找到了学生会成员。

岑蝶盯着那纸牌看了好几眼，确定没有认错后，才上前打招呼。

“学长，你好，我是国际关系 07 班的岑蝶。”

听到声音，那男生转过身来。

男生个子很高大，比岑蝶高了将近一个头，长相也颇为健朗，有点阳光少年味道。

他瞧了瞧岑蝶，眼中闪过一抹惊艳之色，顿了顿，又如梦初醒般低下头，去翻表格。

“岑蝶……国际关系……啊，是你。你好，我是法学院大二的齐蒋川。欢迎小学妹报考 C 大。”

听到这话，岑蝶心情陡然变得很轻松，眯着眼朝他笑了笑。

齐蒋川：“咱们可能还要稍等一下，一会儿还有两个新生到。看班次，大约还有二十分钟。”

岑蝶：“没关系的。辛苦学长了。”

高铁站灯火通明，人来人往。

吵闹的环境中，等待时间显得略有些长。

两人是第一次见面，待在一起没什么话题可聊，只能由齐蒋川给岑蝶简单介绍一些学校情况。

齐蒋川本来性格开朗，和陌生人都能飞快打成一片，所以部门才会派他来迎接新生。但在岑蝶面前，他的这项技能却好似瞬间失效，一时之间，难以发挥出来。

平心而论，岑蝶的漂亮一点也不盛气凌人，只是因为气质太过沉默内敛，容易让人感觉束手无策。在她面前，做什么都免不了小心翼翼，生怕打扰到她。

齐蒋川断断续续说了一些。

见她回应平淡，并不十分热烈，他不由得有些泄气。

还好，下一个新生在群里说，列车即将抵达。齐蒋川赶紧将自己所在地回复过去。

再抬起头，余光不小心瞟过旁边人的脸颊。

这会儿，岑蝶也正在看手机。

她微微抿着唇，低垂下头时，露出一截修长细腻的脖颈。

弧线从耳后开始延伸，一路往下。

皮肤雪白，上头落了弧光，天鹅一样漂亮。

齐蒋川目光微顿。

岑蝶如有所感，侧过脸，与他对上视线。

只一瞬，齐蒋川红了脸，磕磕绊绊地开口叫她：“学、学妹。”

“啊？”

“抱歉，突然这么问可能有点冒犯。请问你有男朋友吗？”

岑蝶怔了怔。

男朋友……吗？

这个问题，若是想认真回答，似乎轻易能叫她感觉不知所措。

但齐蒋川明显不知道，第一次见面，自己就让人这么为难，依旧紧紧盯着她，表情满怀期待。

沉默良久，终于，岑蝶低声开口，作答：“应该是……没有的吧。”

趁着夜色，齐蒋川接齐了几名新生，将他们带去停车场。

路上，他解释：“白天有学校的大巴车来接，晚上人少，只有轿车，可能比较挤，大家只能将就一下了哈。”

“啊，咱们这么多行李箱，能放得下吗？”

闻言，齐蒋川往后看了看，沉吟：“箱子不算多，应该可以的。二十寸的小箱子可以放在腿上。现在这个点路上不堵，一会儿就能到学校了。”

话音刚落，倏地，岑蝶从末端追上来，眼里笑意藏不住。

她低声同齐蒋川说：“学长，不好意思啊，我不跟你们一起走了。”

齐蒋川一愣，表情有些诧异，追问道：“怎么了吗？是怕坐不下？没事，真的能坐，我今天开了导师的大车来……”

岑蝶摇头：“不是的，是我朋友要来接我了。”

说完，她朝齐蒋川晃了晃手机，整个人不再如同刚刚那样内敛沉默，语气也显得十分雀跃：“还是辛苦学长啦。我先走了。大家学校再见哦。”

“哎……”

顾不上一道道好奇的目光，岑蝶拉着行李箱，转过身，头也不回地往目的地大步走去。

几分钟前，她收到了一条微信。

发消息那人，堪称久违。

Duan：B 区，309。

只因为这个名字，刹那间，岑蝶的心脏开始“怦怦”狂跳。

没想到，竟然是段沉先给她发了消息，实在是出乎意料。

但，她读不懂这条微信的含义，又忍不住疑心对方是不是发错了人，患得患失，只能先回了个“？”过去。

Duan：你不是在京市高铁站吗？来停车场。这是车位号。

岑蝶：啊？你是来接我了吗？

Duan：不然呢？

隔着屏幕，岑蝶都能想象到他说这句话时似笑非笑的表情，一定是矜贵又迷人，风姿绰约。

她简直恨不得立刻飞奔到他身边，而后，踮起脚尖去亲吻他上扬的唇角。

这般想着，岑蝶的步子越跨越大，到最后，忍不住开始小跑起来。

停车场很大。

因为岑蝶是第一次来，总觉得这里每块划分区域排列得杂乱无章。

“B 区、B 区……”

她无头苍蝇一样乱窜了两圈，依旧不得其法，眉头紧紧皱起，盯着地标喃喃。

“在这里呢。”一道声音从身后响起。

岑蝶浑身一僵，骤然转过头，刚好对上段沉含笑的眼神。

两人大半个月没见，段沉整个人看起来更加英挺几分，虽然表情温润如玉，但周身皆是上位者的气势，与之浑然一体，好似比在海市时更加高不可攀了一些。

京市的天气不同于海市，九月中，晚上已经有了凉意。

这会儿，段沉穿了一件薄款长袖衬衫，袖口挽起，露出一截小臂，清瘦有力。在少女眼里，好看到无以复加。

岑蝶再次陷入怔愣之中。

半晌，见岑蝶还在原地发呆，他又朝她招了招手。

“小蝴蝶？”

岑蝶回过神来，脸颊绯红，连忙跑到段沉面前，仰头看他。

“段沉，你怎么来了呀？是特地来接我的吗？”她声音里含羞带怯，问得小心翼翼，还有些慌乱，“……你怎么知道我今天到的？”

段沉从她手上接过行李箱和书包，漫不经心地答道：“想知道的话，当然就能知道了。”

“啊……”岑蝶张了张嘴，心下了然。

段沉朝她挑了挑眉，调侃似的轻笑：“小蝴蝶怎么又变得这么呆了？是因为太久没有见面了吗？”

岑蝶红着脸摇头，不肯承认。

她小声说：“因为没想到你会来啊。前面都没有联系，我没反应过来。”

段沉“嗯”了一声，问：“那高兴吗？”

“……高兴。”

“小蝴蝶高兴就好。”

说话的工夫，两人已经走到段沉的车前。

这回，面前并不是造型夸张的超跑，而是一辆黑色轿车，看起来十足低调。依旧是岑蝶不认识的车标，但一串连号车牌，已经足够证明其价值和地位。

段沉将行李箱和书包递给司机，牵着岑蝶，坐上车后排。

等司机上车后，他报了个地址，再将前后排挡板升起。

顿时，后车厢成了密闭空间，只余段沉和岑蝶两人相对。

岑蝶还是第一次坐这种有隔板的车，之前，只在电视里见过。

不过，她没工夫感慨，注意力完全放到了其他事情上。

“不去学校吗？”岑蝶问。

刚刚，段沉报的并不是C大的地址。

段沉扭过头，轻轻拍了拍她的脑袋：“是不是有急事？”

“那倒没有……”

C大新生有三天时间报到，今天才刚刚开始，还是第一天，并不十分着急。况且，现在已然太晚，报到时间应该早就结束了，也不知道还会不会有人发寝室钥匙。

本来，岑蝶是打算先跟着学生会回学校，看看怎么安排。实在不行，就在学校门口找个酒店住一晚，明天再说。

但段沉突然出现，猝不及防，让一切计划安排全数倒塌。偏偏，唯有他能叫她甘之如饴，想来实在是气人。

思及此，岑蝶闷闷地鼓了鼓脸颊。

段沉注意到她这个小动作，低低笑了一声，再伸出手，安抚一般，握住了岑蝶的指尖。

他不急不缓地温声解释：“有个局，不太好推。明早再送你回学校，好不好？”

闻言，岑蝶蓦地傻眼。

顿了顿，她连忙说：“你有事的话，不用特地过来的……要不还是在路边把我放下吧，我自己打车去学校好了。”

段沉：“不想去？”

岑蝶抿了抿唇，声音低下去，讷讷：“没有，就是……”

倒不是退缩，只是，京市是段沉的地盘，她初来乍到，又在路上颠簸一天，今天好像已经没有足够的精力再去应付一些场景了。

“那就一起。”

段沉当机立断，不容人辩驳。

大约三十分钟后，轿车在一处小院门口停下。

段沉领着岑蝶下车，又同司机交代了一句，让他将行李送进去。

岑蝶明白，今夜应该就是要住在这里。

她将视线转至前方。

小院外头没什么特别，走进去之后，才发现里面别有洞天。整体是仿古式设计，庭院面积不算太大，居然建了小桥流水。一进门，就能听到活水涌动声，擦着石头潺潺流过，极具韵律感。

再往里，就有点像古装剧里的场景了。

岑蝶瞪大了眼睛，正欲开口，屋子里面出来一个人。

他迎面朝两人走来，边走边招呼：“咱段少爷，可算等到你了……”

话音才落，岑蝶就听出了这个嗓音、这个语气。

居然还是顾庭山。

恰好这时，顾庭山也看到了岑蝶，陡然间，表情变得有些愕然。

“……小蝴蝶？”

这表情理应包含许多深意。

岑蝶不想细究，给自己徒增烦恼，干脆站在段沉旁边，朝顾庭山坦然一笑，算作招呼：“晚上好。”

段沉没说话，也跟着看了他一眼。

在段沉颇有深意的目光中，顾庭山当即反应过来，收敛起惊讶神色，恢复一贯那种纨绔不羁的模样。

他走到岑蝶旁边，手肘搭在她肩上，很是自来熟。

“小蝴蝶，晚上好哦！”

岑蝶只觉得单边肩膀一重，尚未来得及应答，另一边，段沉已然伸出手，轻飘飘地将顾庭山的手肘从她肩上抚开。

他开口：“好好说话。”

顾庭山“嘁”了声：“知道了知道了，知道你最宝贝你家的小蝴蝶了。别人碰都不能碰，是吧？”

虽然明知道只是调侃，但岑蝶还是觉得不好意思。

更多的，当然是窃喜。

她抿起唇，脸颊隐隐透出一抹微红。

段沉不接茬，侧过脸，看向岑蝶，淡声嘱咐道：“你先跟顾庭山上楼去。”

“啊，那你呢？”岑蝶不明所以。

“我去跟其他朋友打个招呼。你路上没怎么吃东西吧？顾庭山会让人给你送上去。也可以换身衣服，先休息一下……没事的。”说完，段沉轻轻拍了下岑蝶的脑袋，动作透着微妙的亲昵感。

只一下，便抚平了岑蝶满心的惶然无措。

她乖乖点头，再回望了段沉一眼，随着顾庭山离开。

初初无法发现，但往深了走，才能发现小院设计有些繁复。

顾庭山带着岑蝶七弯八拐好半天，终于，面前出现一道雕花木门。

楼梯就在门内。

顾庭山推开木门，回过头，朝着岑蝶粲然一笑："来吧，小蝴蝶，从这边走。"

"谢谢。"

楼梯也是木质，踩上去会有微弱的"嘎吱嘎吱"的声音。仿佛只要踏上去，就能穿越到某个旧日时空里。

一路上，岑蝶都在疑惑，里面的房间会是什么样，会不会也像古装剧里那样，有雕花大床、屏风、珠帘，还有那种枣红色圆木桌之类。

然而，事实上并没有。

客房装修和普通房间相差不大，只是稍作中式一些，总体还是偏现代风格。

此刻，她的行李箱和包都已经被放在墙边，十分整齐妥帖。

顾庭山领路的任务完成，拍拍手，笑说："一会儿应该就会有人送吃的上来。这里厨师水平还不错，别处都吃不到……小蝴蝶没什么忌口吧？"

岑蝶摇头："没有的。"

"那就好。"

按理来说，这句话之后，就该是道别词。毕竟，顾庭山一个大男人，待在岑蝶房间里，她什么都做不了，也不方便。

但顾庭山本人似乎并没有意识到这一点。

他兀自踱步半圈，竟然在房间里找了把椅子，好整以暇地坐了下来。

岑蝶呆呆的。

顾庭山笑容没有丝毫改变，一语道出岑蝶心里话：“小蝴蝶是不是在想，我该走了？”

岑蝶哑然。

“哎呀，别急着赶人嘛，咱们都好久没见了，还不兴我想和你聊聊天呀。你别着急，段沉在底下寒暄都得好一会儿，没那么快能闲下来陪你玩的啦。”

岑蝶被戳破心思，但因为段沉不在，倒也不尴尬。

她干脆也在床边缘坐下，同顾庭山面对面：“那你想聊什么呢？”

顾庭山眯了眯眼，注视她时，目光如炬，语气却还是轻佻：“小蝴蝶是不是要开学了？”

“嗯，明天后天报到。”

“挺好。”

而后，再没其他话可说。

顾庭山本意并非闲聊。

有些话，也不方便直接问当事人。

他只是借口细细打量着岑蝶，一错也不错眼，仿佛妄图在她身上发现一些特别之处。

但左瞧右瞧，依旧未果。

顾庭山有些挫败地叹了一口气，觉得已经读不懂自己这个发小了。

不多时，外头响起敲门声。

侍者端着托盘走进来，默不作声地将几碟小菜、一碗鸡汤馄饨放到桌上。

顾庭山起身，朝岑蝶点点头："你先吃饭吧。段沉应该会一直在一楼。"

岑蝶再次低声道谢。

顾庭山："不必道谢，我也是看了段少爷的面子。小蝴蝶，你知不知道，你可是段沉第一个带到这里来的女人。"

闻言，岑蝶"唰"地睁大了眼睛，表情难以置信，也不太理解。

难道，这处小院，还有什么玄机吗？

顾庭山拉开门，简单地给她解释了一句："这是段家的别院，平时只用来招待重要客人。默认的规矩是，非台面上的人，不能踏入。所以，既然你来了，代表你就是段沉的女朋友。我当然得好好看看。"

他回过头，给岑蝶留下一个微妙的笑容，而后反手合上门，快步走远。

舟车劳顿后又酒足饭饱，意志力难免下降。哪怕心上人在咫尺处，哪怕顾庭山刚刚丢下一个重磅炸弹，似乎也难以激起精神斗志。

岑蝶踟蹰半秒，放弃抵抗，决定和衣先上床眯一会儿。

再睁开眼时，夜色已然浓稠。

窗外，天空颜色些许混浊，看着乌压压地沉重。

身处陌生环境，岑蝶揉了揉眼睛，四下张望一圈，脑袋有些浑浑噩噩，不知今夕是何夕。

半晌，终于逐渐清醒。

她坐起身，打开行李箱，换了一身衣服。

简单洗漱过后，下楼去找段沉。

段沉他们一行人都在中庭，声音吵闹，将小院的寂静夜色打破。倒是方便了岑蝶，不用七弯八拐去寻找。

她快步走近。

中庭里，几个人坐了一桌，正在打麻将。

段沉自然也在牌桌上。

岑蝶脚步一顿，不经意地蹙了蹙眉。

事实上，她从小听惯了麻将机“哗啦哗啦”的运作声，总觉得这就是自己不幸童年的罪魁祸首，所以第一反应便是厌恶。

然而，纵然如此想，一眼望过去，段沉却好像还是不一样的。

他人坐得偏斜，手上夹了一支烟，没有抽，另外一只手臂则是抵在牌桌上，摸牌、打牌，动作行云流水，看起来十分有味道。

岑蝶驻足，着迷地看了会儿，这才发现，他们没有用自动麻将机，而是需要手动垒牌。

麻将牌也不是惯常用的那种蓝色或者绿色，外表是姜黄色，有一种很奇特的质地感，总觉得比普通牌贵气了几分，连带着衬得这牌桌的氛围都变得非比寻常。

无端地，岑蝶想到了电影《色戒》的一幕场景。

矜贵无双的外表下，或许，就是风声鹤唳的你来我往。

总归，两者都来自另一个世界。

她垂下眼。

正此时，在旁观战的顾庭山余光恰好扫到她，赶紧拍了下段沉肩膀，笑道：“小蝴蝶来了。”

段沉动作停顿，抬起头，循着方向，精准地找到小朋友伶仃清瘦的身形。

他表情松了一下，变得柔和几分，接着，才抬起手，出声喊她：“岑蝶。”

岑蝶怔了怔，立马抬起头，惶惶无措地看向他。

段沉被她这样子逗笑了：“傻站在那里做什么？”

岑蝶呆呆的。

“到我这里来。”

话音落下，岑蝶连忙快步走向他。

牌桌周围没地方可以再放椅子，段沉便站起身，让开位置，拉住她的手腕，将她按到他原本坐的圈椅上，自己则是站在她旁边。

岑蝶被这举动吓了一跳，连忙要站起来让他，但肩膀又被一双骨节分明的手有力地按着，让她动弹不得。

段沉弯下腰，慢条斯理地问她：“会打麻将吗？”

“呃，只会一点海市麻将。”

牌桌下家是一个陌生男人，三十多岁的模样，戴着金丝框眼镜，气质看起来有些不好相与。但他却是第一个主动搭话的，随口问道：“海市麻将是什么玩法？和我们不一样吗？”

岑蝶不懂，摇摇头，小声解释了一番：“海市是玩‘敲麻’的，就是下听后不能换张动张。算花，但不算番数。”

“敲麻”算是傻瓜麻将，但在场的人明显没听过这种，都表示不理解。

段沉笑了笑，摸了摸岑蝶的头发，语气温和：“没关系，就这样玩吧，我会教小蝴蝶的。”

这话一出，几个人明显都有些诧异。

气氛也随着为之一变，显露出几分凝重。

对家一边垒牌，一边小心翼翼地试探问道：“段少，也不给我们介绍一下，这位漂亮小姐该怎么称呼？”

岑蝶抬起头，默默看了他一眼。

段沉：“你想听什么介绍？看不出来吗？这是我女朋友，岑蝶。”

全场寂静。

唯有岑蝶抬起头，望向身侧的段沉，眼底露出欢喜的意味。

今天这个麻将局，是不是她的幸运时分？

从这刻起，她决心不再讨厌麻将。

岑蝶想。

次日，段沉亲自送岑蝶去C大报到。

不过因为还有其他事，他没法陪着她进去，只将她放到寝室楼门口。

轿车驶出视线范围。

岑蝶拖着行李箱上楼。

C 大寝室是四人间，这会儿，里头已经有其他两个人在。三人互相自我介绍了一番，算作认识。

岑蝶对床那个女生名字叫姜亦可，脸圆圆的，看着很是讨喜。

从见面开始，姜亦可就没有停下过聊天，说这说那，东拉西扯，能言善谈，但也过分自来熟了些。

没几句，姜亦可径直将话题扯到岑蝶身上。

“岑蝶，其实，我刚刚在楼下看见你啦。”

岑蝶怔了怔。

姜亦可：“我还看到你家的车了哦。你家里人怎么没送你上来啦？”

岑蝶了然。

大概是段沉那个车牌号，吸引了姜亦可的注意力，所以，才在这里迫不及待地旁敲侧击。

她扭过头，朝姜亦可轻轻一笑。

“那是我男朋友的车。”

流言总是扩散得很快。

岑蝶在入学前，很长一段时间里，都担心自己家那点事会被翻出来议论，就像中学时那样。

然后，因为挂上了“杀人犯女儿”的头衔，大家都会对她避之不及。

虽然京市距离海市很远，多半不会有人认识她，或是关注过岑忠那个新闻。但年少阴影一直耿在心中，无法消散，难免叫人多想。

结果，岑蝶也没想到，比起家庭关系，竟然是“她有个开豪车的男朋友”这个消息，率先在学校里传播开来。

她无法理解，只能归结于学校性别比例。

C 大因为王牌专业的缘故，历来男女比例都拉得很大。女生长相只要清秀一点，就很容易受到关注。

军训期间，岑蝶被选为学院旗手，漏了几回脸，还被抓拍了照片放到学校公众号上。

大概是因为那张照片拍得确实漂亮，才引来一些好奇的注视。

学校论坛和公众号底下都有议论。

△这个漂亮学妹是谁？五分钟，我要知道她的名字和专业！

△国关院的吧？军训好像见过。

△国关的？这么牛？还是美女学霸啊！有联系方式吗？

△别想啦，人家有男朋友。报到那天那辆连号车牌……懂的都懂哈。

△啧啧。

…………

对此，岑蝶本人却没有过多关注。

除了课业，她满心满眼、全部注意力都只系于一个人身上。

自打那日起，段沉似乎在忙什么事，迟迟没有时间来见她。

两人只能在微信上说话。

岑蝶觉得百爪挠心，却又感到暗恼，恼怒段沉能这样游刃有余、处变不惊。

几个礼拜不见面，就这样，也能叫男女朋友吗？

至少，他是不是应该对那天牌桌上公开的那件事，对她解释一句呢？

他似乎从来没有跟她确认过什么。

一切都发生得莫名其妙。

就这么自信她不会拒绝吗？

段沉这个人，占尽了年纪比她大这么多的阅历经验优势，也占了身份地位的优势。

高高在上，睥睨众生。

最重要的是，他喜欢她，似乎远不如她喜欢他来得多，他只是“有点”，而她却早已经“十分”喜欢他。

在这段关系里，她永远处于弱势。

她永远都在仰望。

偏偏，为了能与他在一起，自己又早早放弃挣扎，心甘情愿地认了下来。

这两种矛盾心情在打架，打得她手足无措。

岑蝶没办法，只能继续静待，寻找良机。

第三章

折光

我已经为你披荆斩棘，一腔孤勇尽人皆知，你还要我如何更爱你呢？

——岑蝶

01

转眼，即将进入国庆长假。

开学已经快要一个月。

寝室里，姜亦可将PPT保存好，伸了个懒腰，回过头，兴奋地问道：“岑蝶岑蝶，你国庆假有什么计划吗？要回家吗？”

岑蝶摇摇头。

姜亦可一拍手，嚷嚷：“太好了！她们俩放假都要回家去，我还担心这七天，寝室里只有我一个人呢！想想还怪寂寞的。你要是也在的话，咱们就能一起出去玩啦！到京市这么些日子，我还没出去逛过呢！”

闻言，岑蝶朝她笑了笑，点点头：“好啊。”

平心而论，姜亦可这个姑娘，除了嘴碎一些、比较爱八卦，人是相当热情的。虽然讲话有些大大咧咧，但旁人都能感觉到，她没什么恶意，相处时也十分主动。

开学这么些天，岑蝶也就和姜亦可混得最熟。

加之，她刚刚面上了一个校内兼职，学费也已经交完，还有点余钱在手，和同学一起去市里看看也没什么问题。

姜亦可有点急脾气，风风火火的，得到岑蝶答应后，立刻摸出手机，开始搜索京市美食攻略。

“那我们早上先去看升旗？然后去尝尝这个店吧？我看评分

很高……啊对了，说起来，岑蝶，好不容易有个长假，你不和你男朋友见面吗？”

岑蝶一怔，脸上不自觉收敛起笑意。

半天，她才含糊答道：“唔，不知道呢，他工作比较忙，还不太好说。”

姜亦可从手机屏幕里挪开视线，落到她的脸上，表情看起来有些惊讶：“你男朋友已经工作了？那你们年龄差得还挺多啊。之前我第一次听你讲，还以为你们和那谁他们俩一样，是校园情侣呢。”

这个话题就稍显敏感。

岑蝶没有说话，敷衍般笑了笑，将头转回去，默默垂下眼。

然而，因为姜亦可这随口一问，让岑蝶这一夜再次没能睡好。

夜幕将尽时分，天边浮现一抹鱼肚白。

因是九月末，又尚未日出，室外已经有几分凉意。

岑蝶披了件外套，轻手轻脚地下床，走到阳台，望着半空最后的溶溶月色。

终于，她下定决心，将手机摸出来，找到对话框，开始往上面打字。

岑蝶：段沉。

岑蝶：最近有时间见面吗？

她想要破开这个局。

最好不以卑躬屈膝的方式。

Hu Die Lai Xin

暮色四合，最后一节课结束。

岑蝶将课本收进书包，背到肩上，踩着下课铃声，踏出教室。

姜亦可走在她旁边，感叹：“啊，终于放假了！”

“嗯。”

“岑蝶，今天晚上我们社团有个聚会活动，你要不要一起去？你一个人在寝室也很无聊吧？来玩嘛，还能多认识点朋友呢！”

寥寥几句话的工夫，不知不觉，两人走出教学楼。

许是因为放国庆假，很多学生有家长来接，学校寝室楼附近车位不够停，各色私家车竟然一路停到教学楼周围。远远望去，连绵成一条线，很是壮观。

姜亦可：“……好不好？好不好嘛？”

岑蝶正欲答话，倏地，脚步一顿，整个人条件反射地停在原地，驻足，拧起眉。

两人斜前方，停了一辆车。

陌生车型、陌生车牌，混迹在长龙之中，丝毫不起眼。

此刻，后座车窗降下来一半，露出里面男人的半边侧颜。对于岑蝶来说，哪怕这么个角度，因为早在脑中勾勒千万遍，也变得清晰可认起来。

她站着不动，反复确认了好几眼，接着，才扭过头，同姜亦可说：“抱歉啊，我一会儿还有事，可能没法陪你去啦。”

姜亦可嘟了嘟嘴，无可奈何地作罢：“好吧。唉，好可惜哦。”

岑蝶：“下次吧……唔，要不你先回寝室准备聚餐，我去买点东西？”

“行。”

两人打了个招呼，就此分道扬镳。

等姜亦可走远，岑蝶深吸一口气，大步靠近那辆轿车，伸手，拉开了后座车门。

车里，段沉仰起头，朝她微微挑眉。

“怎么这么慢。”

语气没什么责怪的意味，单纯就是一副漫不经心的态度。

岑蝶坐进去，坐到他身边，低声说：“……和室友说了一下。”

段沉笑了一声，没再说话。

霎时间，岑蝶感觉到，空气里平白多了几分尴尬不豫。

段沉应该是心情不好。

这般想着，她转过脸，开始偷偷打量他。

凌晨，岑蝶给他发完那条微信，出乎意料地石沉大海，没有收到回音。

她疑心他又是通宵应酬，尚未看到，没有放在心上。

哪想到，他会在她下课时间，突然出现在学校里。

好像一个突如其来的惊喜。

刚刚岑蝶和姜亦可说话时，也是很勉强才抑制住心头的窃喜。

段沉似乎被小朋友眼中灼热的目光烫到，目光也跟着转向她，嘴角含笑，光明正大地端详起她来。

“军训倒是没晒黑。”

沉默半天，他下了结论。

岑蝶愣了愣，脸颊飞起红晕，讷讷：“……防晒了呀。”

“挺好，小蝴蝶白一点看着可爱。”

“啊……”

岑蝶第一反应，是先在脑子里记下来。

见状，段沉笑了一声，屈起手指，轻轻敲了下她的额头：“逗你的。小蝴蝶什么样都可爱，黑了我也喜欢。”

对段沉来说，好像什么花言巧语都能信手拈来，实在叫人招架不住。

岑蝶没招，只能岔开话题，指了指他另一只手，问道：“这是什么？”

她刚刚看他时就注意到，段沉手上一直捏了一串珠子，随意把玩着。看样子像是佛珠，离得近了，还能闻到若有似无的檀香味。

“这个？”段沉将珠串拿起来，示意了一下。

得到她肯定的点头，他又解释说：“别人送过来玩的。说是去广济寺请什么方丈开过光，很灵。”

说着，他将那串佛珠放到岑蝶手中。

“小蝴蝶戴着吧。最好能保佑小蝴蝶平平安安。”

檀香味离得越发近，几乎要直冲大脑。岑蝶握着珠串，瞪大眼睛，半天回不过神来。

“……真的给我了吗？”

“当然。”

段沉笑起来。

岑蝶抿了抿唇：“可是，如果很灵的话，还是你自己……”

段沉截断她：“我从来不信神佛。”

如果去寺庙开个光，求求菩萨就能有用，这偌大四九城里，就不会有那么多不甘、愤慨和绝望了。

他从来不信这些。

说到底，只不过是个美好寄愿罢了。能看到小蝴蝶这副感动表情，倒也算是物尽其用。

段沉摸了摸她的头发，语气不自觉比刚刚缓和许多：“小蝴蝶，怎么这么久才想到要见我呢？是不是上学太好玩，乐不思蜀了呀？”

话音落下，岑蝶陡然从刚刚那种情绪中抽身出来。

她垂下眼，攥紧了珠串，开口：“……可是，你也没有来找我啊。”

段沉并不生气，还是笑：“我每天都在等小蝴蝶开口，看看她什么时候能主动一点呢。”

岑蝶深吸一口气。

事实上，她觉得有些不解。

这种不解已经完全超过了不甘，变得无比可观起来。

她问段沉：“段沉，你还要我怎么主动呢？每一次，都是我在主动……你给我一张名片，是不是就在等我给你打电话？你不能每次都是这样。”

就像钓鱼一样。

他端坐高台，握着杆，胸有成竹，只等她上钩。

岑蝶："难道，你是觉得我的感情很可笑吗？"

面对岑蝶这声声质问，段沉似乎并不惊讶，只微微抬眉，还是处变不惊的模样。

顿了顿，他伸出手，握住了小朋友的手，再调整一下姿势，与她五指相扣。

岑蝶毫无征兆地收了声。

与海市相比，京市地处北方，又是内陆城市，全年气候都颇为干燥。

段沉的手掌也干燥，带着一点点暖意，热乎乎的，从掌心一路传递到心脏，再通过血液弥漫至四肢百骸。

岑蝶无法否认，自己被这个小动作顺利安抚，像是灵魂都随之平静下来。

段沉温声开口："小蝴蝶怎么会这么想呢？"

岑蝶沉默着。

"我当然只会觉得小蝴蝶可爱。不然，怎么会想和你谈恋爱呢？"

不过，对段沉来说，虽然这话带着一些诱哄的需求，但也不是完全没有真心在里面。

岑蝶确实是和其他女人大不一样。

应该说是十分特别。

她年纪小，但是既不天真，也不世故。明明想要与世偃仰，眼神里那点固执倔强却怎么都藏不住。

她应该是沼泽地里飞出来的漂亮蝴蝶。

谁都不知道她要飞往哪里去。

或许，每个猎人都会想要将她捉进玻璃瓶里，据为己有。又害怕伤了她，最终只能做成标本，死气沉沉，再不复生动。

在男女关系里，不可否认，段沉年龄比刚刚成年的岑蝶大了不少，经验更为丰富，时常游走于各色女人中，完全称得上老手。

只消一眼，他自能看出小朋友对他的感情，却也猜不到她下一步的举动。

段沉饶有兴致，恶劣地一步一步试探着她。

但她又何尝不是？

思及此，段沉牵了牵唇，慢条斯理地继续道：“你看，你的每条消息我都会回复。你给我打电话，我就推掉事情，立刻来找你。你一直不给我打电话，我不高兴，也会记着来接你。对不对？”

他不紧不慢，将过去一一细数。

岑蝶被他握着手，早就难以集中注意力，不过寥寥几句话的工夫，已然败下阵来。

她红着脸，垂下眼，嘴唇动了动，嗫嚅：“……可是，你突然跟别人说我是你女朋友。”

段沉：“嗯哼？难道不是吗？我以为之前在海市，我的意思已经很明白了。”

“你都没问过我……”

“嗯？小蝴蝶不愿意吗？”

岑蝶哑然，不知所措，低声喃喃道：“我以为……”

段沉好整以暇，看向她。

“以为什么？”

她当然以为，两人之间，必不可能出现什么良性关系。因为自己刻意勉强，就算见不得人，也能捏着鼻子认下。终归，得到段沉，无论以何种形式，都叫她心甘情愿。

这些猜测里，从来没有过一个正常的位置。

毕竟，他们俩的距离，是天与地。

是凡人捞月。

是白日做梦。

所以，合该如此。不是吗？

两人对上视线。

很容易，段沉能从她脸上看出她那些心里话。

他指腹轻轻摩挲着岑蝶掌心嫩肉，沉吟数秒，点头承认：“没错，原本我是这么想的。”

岑蝶哑然。

“不过后来我改主意了。”

“为什么？”

“哪有这么多为什么？”段沉笑起来，“只是谈个恋爱而已。不是吗？既然喜欢，就在一起，这有什么值得奇怪的呢？”

不知不觉间，轿车已经驶出C大校园，拐上一条陌生小道。

岑蝶从极度欣喜中回过神来，扭头，问段沉："我们要去哪里啊？"

到京市后，她还没来得及到处看看，走出学校就不太认识了，自然也不清楚行驶的方向。

这会儿，段沉正垂着眼，在慢条斯理地帮她戴珠串。

珠串本没有性别之分，但是，一般男生戴的佛珠会更大一些，显得协调。这串则明显是特意送给段沉的，上头一颗一颗珠子都大而浑圆，戴在岑蝶纤细的手腕上，衬得她的手腕伶仃羸弱，皮肤雪白，有点绮丽脆弱的美感。

段沉帮她戴上手后，又左右调整了一下，终于满意。接着，他才出声回答她的问题："去吃晚饭。"

岑蝶"哦"了一声，想了想，小声说："那不要太远吧，我们学校有熄灯时间的。"

段沉似笑非笑地睨她："还打算回来呢？"

岑蝶无法控制自己，又被他逗得脸红心跳起来。

段沉："小蝴蝶想回来也行，到时候让司机给你送回来。正好我明天有事，没法陪你……2号和3号留给我？嗯？"

"好。"岑蝶乖乖点头。

"真乖。"

他低声夸奖，语气如同情人间的呢喃。

一时间，岑蝶如坠云海。

夜凉如水。

岑蝶与段沉以一个亲吻作别后，独自下车，回到寝室。

推开门，姜亦可还没有回来。

距离门禁时间已经只剩半个小时。

不过，姜亦可他们社团应该是在学校外面聚餐，卡着点进来也用不了太久，来得及。

岑蝶没有多想，洗漱过后，坐到床上，开始和段沉发微信。

因为刚刚两人把话都说开了，她再没什么好不安的，跟他说话、打字，心态都比之前坦然许多。

Duan：怎么还不睡？刚刚路上不就说累了吗？

看到这行字，岑蝶条件反射地打了个哈欠。

指尖开始往输入框里敲字，给他解释。

岑蝶：昨天我跟室友约好，假期要一起出去逛街的。她还没回来，我怕她凌晨做攻略，想等她回来先跟她说一声。

Duan：说什么？

岑蝶：说后天和大后天要和你出去啊，让她不要在那两天安排什么计划。

Duan：小蝴蝶真贴心。

Duan：后面有机会，我陪你逛。

对着屏幕，岑蝶都能想象到段沉说话时，那副不紧不慢的语气和表情，认真，又随意，如他本人似的矛盾，简直像毒药一样让人上瘾。

她抿了抿唇，忍不住低声笑起来。

正此时，寝室门口传来动静。

姜亦可风尘仆仆地走进来，打开寝室顶灯，试探性地开口喊道：“岑蝶？”

“……嗯。你回来了啊。”

“是呢，一开门就听到有人在笑，吓了一跳呢。什么事那么好笑呀？”

姜亦可一边说，一边走到自己桌边，放下包和钥匙，再开始稀里哗啦地洗手、换衣服。

房间失去寂静，多了几分热闹气氛。岑蝶掀开床帘一角，探头出去，表情有些犹豫迟疑：“亦可……”

姜亦可动作一顿，眨了眨眼：“嗯？怎么了？”

岑蝶：“那个，我男朋友约我 2 号和 3 号一起，本来不是答应和你一起去市里逛街的嘛，这两天可能不行……后面还没确定，也还要看情况。不好意思啊。”

事实上，姜亦可本来已经蹙起眉，停下动作，开始静待。

听她说完后，姜亦可立马长长松了口气，表情缓和下来。

姜亦可大大咧咧地摆摆手，说：“就这事儿啊！听你语气这么严肃，我还以为是什么大事……啊呀，没事没事，男朋友比较重要嘛。”

话虽如此，岑蝶自己却有些讪讪。

姜亦可倒是来了兴致，拖了把椅子，面朝岑蝶这边坐下，撑着下巴，抬头望向她。

姜亦可问：“说起来，那我是不是有机会见见你男朋友的真容啊？”

“呃……”

“别误会别误会，我没有别的意思，就是想看看开宾利的大佬是啥模样哈。要不然，你给我描述描述嘛。岑蝶岑蝶，我真的太好奇啦！”

闻言，岑蝶眉头皱成小山峰，仔细想了好久。

半晌，她颓然：“抱歉，我也说不出来。”

或许是因为，她还没有那么了解段沉。

不过没有关系。

来日方长。

国庆第一天，岑蝶和姜亦可早早起床，一同去看了升旗。

昨夜两人都睡得晚，精神不足。

升旗结束后也没法进行下一个活动，只能先回学校补眠。

醒来，再一起去吃火锅。

这还是岑蝶第一次吃这种铜锅涮肉。

海市不流行这种，火锅店一般都以川味火锅为主。但纵然这样，她因为条件拮据，手头从来没有零花钱，也几乎没有朋友，什么火锅都没机会去吃。

因此，这一项日常活动，于她而言，竟然变得珍贵起来。

次日，京市天气不如左图，阴沉沉的。

岑蝶坐进段沉的车中，迫不及待地向他讲述。

段沉心情很好，屈起手指，轻轻敲着膝盖，耐心地听她讲话。

好半天，岑蝶才意犹未尽地收了声。

她心下开始踟蹰：“……我是不是说得太多了？”

只是吃个火锅而已。

段沉会不会觉得她很傻很烦？

还没什么见识？

明明最不想让他看低，偏偏，一有什么事，都想同他分享，想迫不及待地告诉他。

段沉笑：“没有啊，我很喜欢听小蝴蝶说话。”

“为什么？”岑蝶不解。

段沉想了想：“唔，声音好听？”

这种花言巧语，听着就毫无可信度。明明是段沉自己的声音更好听。

第一次听到他讲话，岑蝶就发现，他的声音很有质感，戛玉敲冰一样，十分诱人。

与他相比，旁人好似都没什么优点了。

不过，岑蝶并不好意思将心里话说出来，只得岔开话题，问道：“那我们今天去哪里呀？”

段沉：“一个朋友的生日会。”

闻言，岑蝶惊讶地瞪大了眼睛：“生日会？”

她低头扫了一眼自己。

为了同段沉出门，岑蝶今天已经算是认真打扮过。泡泡袖连衣裙加披肩小外套，看着清纯又漂亮。但对于参加生日会来说，还是显得不太合时宜，略有些随意。

“你怎么不早说呀，什么都没准备。”她不自觉地嘟嘴。

这副模样，看得段沉想笑，又忍不住想去亲她。

他从来不是会抑制自己欲望的人，几乎没有丝毫犹豫，倏地低下头，凑过去，轻轻咬住了岑蝶的唇瓣，再坏心眼地将她的口红悉数弄花。

绵长一吻结束，两人气息都有些紊乱起来。

段沉轻咳一声，瞳孔里欲色尚未散去，还没忘记安抚小朋友：“别着急，晚上才开始。我们先一起去准备，好不好？”

段沉口中的准备，和岑蝶想象的不太一样。

两人先是不紧不慢地吃了顿饭，过了午后，再由司机开车，送他们前往一处四合院。

岑蝶是南方人，在海市土生土长，没出过远门，最远只在学校春游去过隔壁的苏市，自然是没机会亲眼见过这种标准样式的四合院。

司机为两人推开深棕色大门。

岑蝶忍不住惊叹地“哇”了一声，倏地想到什么，又赶紧收声，收敛表情，余光掠过段沉脸上，紧紧抿起唇。

……总觉得自己这模样，像刘姥姥进大观园。

幸好，段沉并没有取笑她，只是轻轻拍了拍她的头发，安抚一般。

他说：“进去吧。”

两人穿过庭院和第一进门屋。

第二进里就别有洞天。

厅堂被重新装修过，踏进门之后，完全看不出任何年代感。

设计思路和之前段沉带岑蝶去打麻将的那个小院，颇有异曲同工之妙，都是外陈内新，十分特别。

“段先生。”

“岑小姐。”

“欢迎。”

这四合院竟然是一个造型工作室。

此刻，厅堂里已经站了不少人，姿势毕恭毕敬，耐心等待着段沉发话。

段沉低下头，朝岑蝶笑了下：“去吧。”

岑蝶整个人晕晕乎乎，被几个造型师前呼后拥，半推半就地去了更内间，开始化妆、换衣服。

阵仗搞得太大，容易叫人胡乱揣测。

一时之间，岑蝶忍不住开始无措起来。

段沉这是要带她去什么规格的生日会？

就算简单衣着失礼，需要换一身，但弄得这么复杂……管中窥豹一番，实在让人感到不安。

自己会不会给他丢脸啊？

毕竟，她并不是他们这个圈子的人，什么阵仗都没见过。

万一行差踏错……

岑蝶垂下眼，抿唇，陷入沉思。

全程，房间里一直安静无比，大家都在忙碌，没有人主动说话打扰她。

化妆师在她脸上涂涂抹抹，手法十分熟练。

不多时，旁边又有人准备好了衣服和搭配的首饰、鞋包，低声问道：“岑小姐，您看这一套还满意吗？”

岑蝶回过神来，侧头瞥一眼。

倏地，她目光凝固，整个人跟着怔了怔。

造型师准备了一套黑色连衣裙，斜肩剪裁，收腰设计，长度及膝，是非常漂亮的轻礼服款式。可以想象，穿上之后，能衬得人优雅又精致。

偏偏，岑蝶只看到了裙摆上缀着黑色羽毛。

那几片羽毛，实在很像那天酒吧里，妙妙身上那条羽毛裙。

只要想到妙妙，她就忍不住低落。

这种感觉，像是走钢丝。前面那个人掉下去，后来者见了，就会越发裹足不前。

岑蝶深吸一口气，转开目光，抿了抿唇，低声问道：“不好意思，请问可以换其他的裙子吗？”

“您不喜欢这款吗？”

“……嗯，不太喜欢。”

那造型师明显露出了一抹为难神色，犹犹豫豫地开口：“可是，这是段先生……”

顿了顿，造型师收声，朝岑蝶微微躬身，转身离开内间。

不过两三分钟，段沉便从门外大步走进来。

这会儿工夫，他也换了身休闲西装，头发重新做了造型。鬓角弯曲成一个刚好的弧度，抵在眉骨上，衬得他五官精致立体，完全是正儿八经的富家贵公子模样，和平日不大一样。

岑蝶有些愣愣地看着他。

段沉走到她旁边，轻轻敲了敲她额头：“怎么又傻了？”

岑蝶脸颊“噌”地变红，连忙垂下眼，讷讷解释道：“就是看你好看。”

段沉笑了一声：“谢谢小蝴蝶。”语气很认真。

这下，倒是搞得岑蝶更加不好意思起来，只能默默回过身，坐直身体，面对镜子，避免与他对视。

镜中少女也化了淡妆，不过，倒是没有改变太多，只是用妆容放大了五官优点，再提些气色。

合时宜，也合她年纪。

眼波流转时，眼珠像葡萄一样，灵动有神。

段沉也跟着看向镜面，端详了她数秒，满意地点点头。

他这才开口，问岑蝶：“裙子不喜欢？”

“……嗯。”

“那就换一套。”

他没有问为什么。

岑蝶松了口气。

造型师低声答了句“是”，又快步离开，去换裙子。

这回，她拿了一条花苞裙回来。

淡黄色的底，裙摆上缀了几朵小花，很有春天气息，再搭一根绸缎腰带，刚好，能勒出盈盈细腰。

岑蝶没得可挑，认认真真地朝人道了谢，去换衣服。

霞光四起。

终于，两人全都准备好，离开四合院。

轿车驶至城郊，又片刻，驶入一处庄园。

车上，岑蝶手指无意识地抠着裙摆上那几朵小花，喃喃：“规格这么高吗……”

虽然她只是在喃喃自语，但因为两人离得近，段沉也听到了。

他摇头：“不是，只是年轻人的活动。不用拘束。”

岑蝶讪讪笑了一下。

纵然这么说，但怎么可能不拘束呢？

她生硬地闯入不属于她的世界，无论在什么环境中，大抵都是格格不入的。

下一秒，段沉握住了岑蝶的手。

他俯下身，亲了亲她的手背。

一连串动作让人觉得猝不及防。

岑蝶反应不过来，愕然瞪大了双眼。

“小蝴蝶。”段沉温声喊她，“做我的女朋友，就是会有不少麻烦。你会后悔吗？”

闻言，岑蝶抬起头。

四目相对。

良久，岑蝶郑重地点头：“我愿意的。段沉，我不后悔。”

为了和他在一起，她可以付出所有努力。

段沉笑起来：“后悔也没用，都是我的人了。”

轿车停在庄园主楼前。

段沉领着岑蝶下车，在侍者指引下，慢步走进去。

大厅里已经有不少人在。基本都是年轻面孔，三三两两聚在一起，各自拿着酒杯，谈笑风生。

段沉一踏入，立刻吸引了不少目光。

“段少来了啊！”

“嘿！老段！好久不见了！”

“段沉来了？人呢？”

很快，段沉被几个年轻男人围起来。

“终于结束流放了？”

“回来多久了？也没打电话来说一声。”

段沉表情依旧温和，带着淡淡笑意，但眉眼间那种上位者的凌厉意味，无须潜藏，尽数迸发出来。

他说：“抱歉，在忙其他事情，没来得及。”

“是那个谁调岗的事吗？我听说了，据说是个铁手腕……”

“今天老魏生日，别说这种事。”

“我的我的。我自罚几杯？”

“段沉喝什么？”

岑蝶挤在中间，意外发现，这明明不是段沉的主场，是别人的生日会，但这些人好像还是隐隐以他为尊。至少，从他们走进来起，周围那些视线就没有从段沉身上转开过。还有小部分视线落到她身上，带着微妙打量的意味，居高临下的，叫人不适。

岑蝶不自觉地缩了缩肩膀。

段沉立刻发现，停下交谈，凑到她耳边，低声说："小蝴蝶先去找顾庭山吧，让他带你去吃点东西。老魏家的厨子手艺很好，不比别院的差。"

"顾庭山也来了？"

"嗯。在那里。"

段沉四下扫了一眼，遥遥一指。

恰好，顾庭山也看到了他们，正朝这里走来。

不用段沉多说什么，两人默契十足，只消一个眼神，顾庭山便看向岑蝶，笑着朝她招招手。

岑蝶抿了抿唇，从包围圈中离开，走向顾庭山。

顾庭山未语先笑，夸奖张口就来："小蝴蝶今天好漂亮呀。裙子上是花吗？这下真像蝴蝶了。"

岑蝶接不上话，只能笑着低声道谢。

顾庭山继续问道："不过，今天姜挽倪也来了，段沉跟你说了没有？"

岑蝶摇头："没有。是谁啊？"

"是段沉的某一任女朋友，一个不讲理的大小姐。一会儿万一碰到她，你……”

顾庭山停顿了一下。

虽然岑蝶是段沉公开承认过的女朋友，还将她带到这种场合，两人关系算是铁板钉钉。但毕竟……情况复杂，他有些摸不准段沉的态度，也不好胡乱指挥。

想了想，他只能含糊：“你见招拆招就行。别搭理她，也别为她生气。”

岑蝶不明白。

不过，就算问得详细，估计也明白不了。只能作罢。

她接过顾庭山递过来的饮料，抿了一口，小声问：“今天是谁过生日呀？”

“魏佳上，魏家的小儿子，一个公子哥儿。人估计在后头泳池泡妞呢。不用管他。”

“哦。”

岑蝶点点头。

顾庭山又给她随口介绍几句，领着她去旁边自助餐区域。

餐区放了几条长桌，上面是琳琅满目的菜品，精致诱人，看得人眼花缭乱。

顾庭山很贴心，问她：“你想吃什么？正好我也没吃晚饭呢，咱们一起。”

岑蝶尚未来得及答话，倏地，一道身影拦在前头，将两人的去路挡住。

看到来人，顾庭山条件反射地往后瞟了一眼，接着，才清清嗓子，笑道：“姜大小姐，魏二的面子还挺大嘛，怎么把你请来了呢？”

语毕，岑蝶先愣了愣。

这个就是姜挽倪？

段沉的前任吗？

她站在顾庭山斜后方，微垂着头，不好意思径直抬眼，只好用余光偷偷打量对方。

姜挽倪非常瘦，身形和岑蝶类似，都是清瘦款。五官也秀气，眼妆几乎没有，好像只擦了粉底和口红。

不过，即便如此，她气场非常足，踩着细跟高跟鞋，看起来要比岑蝶高大半个头，都快赶上顾庭山了。

听到顾庭山开口，姜挽倪哼笑一声，傲气尽显。

“我这不是听说段少爷找了新女朋友，特地来瞧瞧嘛。”

顾庭山一怔。

姜挽倪往前两步，径直撞开顾庭山，与岑蝶面对面。

她可不似岑蝶这般谨慎，只自顾自放肆地上下扫视岑蝶。

片刻，姜挽倪下了结论：“看来他们说得没错。你长得是有点像我。但其他地方，都逊色太多……段沉从哪里找来这么个没名没姓的小姑娘？他家老爷子知道了没？”

顾庭山没来得及说话。

岑蝶却是蓦地一震。

因为姜挽倪这句话，她鼓起勇气，抬眼，再次认真地看向面前这个女人。

平心而论，两人从长相到气质都没有丝毫相似度。但如果非要硬说的话，或许是因为脸型都是瘦弱型，眉眼之间，还有脸颊轮廓，勉强能看出一点点类似的弧线。

岑蝶本能地不想去揣度，姜挽倪为什么要做此推论。

一个妙妙在前，已经让人足够心烦意乱。

她干脆默默垂下眼，往后退了半步，将场面交给顾庭山来解决。

幸好，顾庭山很是上道。

他往旁边挪了半步，刚好挡在岑蝶面前，阻拦住姜挽倪锐利视线。

“倪倪，别乱说了哈，注意分寸，别闹得大家都不好看。”

姜挽倪瞪他一眼，说：“我胡说什么了？而且，她又是什么角色，还配要我注意分寸？”

大小姐要起脾气来，从来都是不管不顾，谁的面子都不愿意给。

顾庭山拿她没辙，只好叹了口气，转过身，低声对岑蝶说：“小蝴蝶，要不你先去那边等我？”

岑蝶点头：“好呀，正好我也饿了。”

说完，她朝姜挽倪客气地点了下头，再转过身，往餐台另一边走去。

没有顾庭山在旁边，周围那些窥探的目光越发肆无忌惮起来。

自从岑忠出事后，岑蝶就打心底厌恶被人评头论足。

但，在这番情景之下，自己作为这个圈子的外来人，似乎也无法避免。

这一切，都是为了段沉。

为了能和段沉在一起。

为了能走在段沉旁边。

哪怕要她披荆斩棘、勇斗恶龙，她也要咬着牙走下去。

姜挽倪没有追上去的打算。

她只是随意瞟了一眼，轻蔑地笑了笑，注意力重新回到顾庭山身上。

“……真是段沉亲口承认的？”她问。

这些年，段沉游走于形形色色的女人之中，入幕之宾不少。但大家心里都明白，那些，只是逢场作戏。

刨除家庭因素影响，事实上，姜挽倪一直疑心，段沉从来没有过什么真心。他对哪个女人好像都是那样，温和却淡漠，像是高高在上的神，站在神坛之上，施舍一点点眼神给她们，却叫人不由得感激涕零。

姜挽倪自己也是天之骄女，怎么受得了这种感觉。两人便是因此分手。

哪怕她早就对段沉这个人释怀，但对他这种态度，从未释怀过。过去多年，依旧耿耿于怀。

所以，要姜挽倪相信段沉会给这么个没名没姓的丫头名分，她宁可相信，岑蝶身上有什么值得利用之处。

说不定是什么烟幕弹？

他不是不久前才闹出了事，被他家老爷子流放到海市避风头去了吗？

或许，干脆就是领出来跟他家老爷子叫板用的？

然而，顾庭山却是郑重地点头，答道："你要是真对段沉有事相求，可别去招她。"

闻言，姜挽倪恨恨地咬了咬牙。

下一秒，身后响起一道男声，声音略有些沙哑，猝不及防地打断了他们的对话："倪倪，庭山，你们俩怎么站在这儿呢？"

两人齐齐转过身去。

魏佳上从后头走上来，懒洋洋地眯着眼，怀里还搂着个美女。

他虽是生日会主角，但看着却没个正形，既不在前厅招呼客人，也不care流程，只当个背景板，到这会儿才姗姗来迟地出现。

看到人过来，顾庭山率先笑道："哟，咱们寿星来了啊。礼物给管家了哈，生日快乐，兄弟。"

魏佳上揉了揉头发，叹气："怎么快乐得起来啊。庭山，你知道的，我最不喜欢这种活动……要不是我大哥非要……算了。"

顾庭山："别这么说嘛，咱们也很长时间没见了，能见上一面不是挺好。"

这就是单纯的客套。

魏佳上不置可否，视线径直转向姜挽倪："倪倪这次也这么给我面子吗？难道明天要西边出太阳了？”

姜大小姐脾气不好，他们这个圈子都知道。

这种活动又累又没意思，她一般都是礼到人不到，很少会露面。

姜挽倪：“这不是特地来给咱们老魏哥庆生吗？怎么，你还不乐意了？”

魏佳上又抓了下头发。

这回，倒是真笑了起来。

他戳穿姜挽倪：“难道不是听说了段少爷找了个新女朋友，特地来看看人家的吗？”

没人出声。

“人呢？到了没？我也想看看是哪路神圣。”

顾庭山赶紧挡住这两个性子胡来的人，低声道：“人家还是个小姑娘，你们别把人给吓到了。”

魏佳上心情不豫，加上刚刚在后院还混喝了几杯酒，酒精上头，自然虎得很，说话根本不过脑子：“把小姑娘吓到不是重点，是怕小姑娘背后的段少爷不高兴吧？没事，我就看一眼，看看漂不漂亮……倪倪？”

姜挽倪扯了扯唇，点头，领着他往岑蝶那边走去。

此刻，岑蝶正坐在角落喝饮料。

身处这种环境，没人是来吃自助餐的，她自然也没什么食欲，只随便拿几个马卡龙，填了填肚子。

……也不知道段沉什么时候能过来。

想了会儿，她慢慢从沉思中回过神。

一抬眼，姜挽倪正朝她这个方向大步走来，还带着一男一女。顾庭山却是不见踪影。

很显然，对方来者不善。

岑蝶抿了抿唇，站起身，整个人肉眼可见地局促着。

那男人上下打量了她几眼，懒懒散散地开口："这不是很漂亮嘛。段少爷有眼光。"

岑蝶未作声。

男人："妹妹你好，我是魏佳上。"

岑蝶一愣，磕磕绊绊地"啊"了一声。

这男人是今天生日会的主角？

他来找自己做什么？

也是来看热闹的吗？

这么说来，段沉可真有面子啊，随便公开一个女朋友，竟然能引得一众好奇。

岑蝶不合时宜地在心中感慨了一句，脸上却不显。

她抿了抿唇，低声开口："魏先生您好，我是岑蝶。祝您生日快乐。"

魏佳上："不用客气……"

倏地，姜挽倪在旁边出声截断他："说起来，岑小姐有准备什么礼物吗？"

岑蝶再次愣住。

姜挽倪了然，皮笑肉不笑地继续道："空手参宴不是我们的规矩。既然岑小姐是第一次见面，要不然……"

她顿了顿，目光在场内睃了一圈，而后落到正前方。

"……要不然，给咱们老魏哥哥表演个节目吧？就算是贺礼和见面礼了，你说怎么样？"

"啊……"

姜挽倪："前面有钢琴，随便弹个什么曲子，应该不过分吧？前两年那个姐姐，是不是也弹过？就是许家哥哥的老婆，那时候还是女朋友呢。"

她噼里啪啦一番话砸下来，没给人插嘴的机会。

当然，也使得岑蝶不知所措。

弹钢琴……她家是那种条件、那种情况，从小到大，她什么课外班和兴趣特长班都没有参加过。所有乐器里，唯独就会吹个口琴。

那还是因为，口琴是海市小学生音乐课必学乐器，每个人都得学。

可是，姜挽倪提议之后，魏佳上也来了兴趣，煞有介事地看着她，眼神满怀期待。推拒之词堵在唇间，难以说出口，让人觉得百爪挠心。

"我……"

"在说什么呢？"

一道熟悉的声音响起，成功打断了这番尴尬场面。

只一声，岑蝶便心下一松，慌慌张张地往声音来源处望去。

在看到段沉后，她脸上不由得露出笑意：“……段沉。”

段沉朝她走过来。

远处，顾庭山将人带到后，转身离开，没有再靠近他们一行人，似乎完全不想参与其中的明枪暗箭。

段沉走到岑蝶旁边，朝着魏佳上和姜挽倪点点头，算作招呼。接着，他很自然地抬起手，搂住了岑蝶的肩膀。

“在聊什么？”他又问了一回。

岑蝶靠在他怀中，像是有了主心骨一样，深吸一口气，小心翼翼地开口：“那个，姜小姐说，想让我去弹钢琴……”

姜挽倪“啧”一声：“喂，你这话说的，怎么好像是我在为难你一样啊？”

岑蝶未作声。

“我只是让你随便弹个曲，当成生日贺礼送给魏哥哥，这也不算失礼吧？”

姜挽倪的话是对着岑蝶说，目光却一直盯着段沉，像是在试探他的反应。

魏佳上喝多了，看热闹不嫌事大，在旁边煽风点火：“是哦，段沉，让你小女朋友露一手嘛。你可不知道，今晚来的这些人里，百分之九十九的女士都对她好奇死了。”

闻言，段沉脸色都没有丝毫变化。

他只是略略沉吟数秒，低下头，含笑望向岑蝶，随口问：“小蝴蝶想不想弹？”

岑蝶不知道该说什么。

如果直接说不会，会不会让段沉丢脸？

好像在他们这些人看来，女生会点什么乐器，是理所应当的事情。毕竟，就像电视里演的那样，钢琴就是名媛的基础课。

可是，她确实不是这个世界的人。

说不会也丢脸。

上去弹也会直接露馅。

“段沉，我……”

段沉：“看来我的小蝴蝶是不好意思了。”

说着，他屈起手指，轻轻刮了下岑蝶的脸颊，状似安抚。

“没关系，不想弹也可以。”

他看向魏佳上，眼神中闪过一丝凌厉意味，声音却还是含着笑意：“佳上，想听点什么？还是我来给咱们的寿星助助兴。”

话音落下，姜挽倪彻底怔住了。

刹那间，魏佳上也酒醒了一大半：“段、段少爷……”

段沉：“嗯？不用客气。”

他将衬衫袖口挽起两道，顺手拍了拍岑蝶的脑袋。

接着，段沉迈开步子，慢条斯理地朝钢琴方向走去。

魏佳上二话不说，抛开女伴，大步追上去，试图拦住他，徒留岑蝶和姜挽倪四目相对。

岑蝶没在意姜挽倪那种微妙的眼神。

她只是望着段沉的背影，心跳得飞快。

段沉是在给她解围吗？

是在给她撑腰吗？

这一刻，人就像是喝多了冰可乐，心脏都开始“咕嘟咕嘟”地冒起小气泡来，无法自持。

真的好喜欢段沉啊。

岑蝶想。

最终，魏佳上还是成功将段沉拦住，再低声下气地道了歉，将这祖宗哄回来。

要真让段沉去弹曲子，魏佳上怕自己能折寿二十年。都不说他大哥，他家里人绝对不可能放过他，后面指不定要怎么收拾他呢。

魏佳上是喜欢看热闹凑趣，有些圈子里纨绔子弟的陋习，但到底也不是欠收拾。

总归，还是知分寸的。

经此一事，没人再敢跑来招惹岑蝶。

生日会热闹非凡，她坐在角落，安安静静当“壁花”。

幸好，这回，段沉没有再离开去应酬，也跟着一起坐在她身边。

“是不是觉得没什么意思？”

听到段沉低声提问，岑蝶精神一振，连忙摇摇头，抬起眼，斟酌着作答：“……其实还好。”

当然称不上没意思。

三五老友，花团锦簇，珠光宝气，觥筹交错。

只不过，这些都不属于她罢了。

她只是个外来闲人，融入不了，也体会不到其中乐趣。

更多的，还有满腔惶惶不安。

段沉挑了挑眉，笑道：“真的还好？”

岑蝶不说话了。

段沉：“没关系，就是带你来看个新鲜。一会儿我们就走。”语气十分散漫，似乎对什么都浑不在意似的。

岑蝶从来没有问过他的家庭情况，但只从相处这些细节里，她再没见识，也看得明白，段沉定然是出身显贵、位高权重，才能有这般游刃有余且肆无忌惮的底气。

倏地，段沉又问了句完全没关系的事：“手串呢？”

岑蝶“啊”了一声，条件反射地低头扫了一眼自己的手腕。

此刻，手腕上套了个小手袖，是刚刚造型师给她戴的，用以和这身裙子做搭配。

她摸了一下，低声答道：“放在寝室了。”

段沉收到的肯定都是好东西，万一丢了，她自己肯定要心疼。再加上佛珠太大，日常也不那么合适。收到那天，她一回寝室，就小心地收了起来。

闻言，段沉含混不清地“唔”了一声，眉头跟着微微蹙了起来。

岑蝶疑心他是不是不高兴，连忙说：“今天出门太急，忘了。下次我肯定戴着。”

段沉：“紧张什么……我是在想，送个别的什么，才能更适合我的小蝴蝶呢？”

“啊……其实不用……”

岑蝶有些愕然，连忙摆手拒绝。

段沉伸出手，精准地捉住了她的手指，收拢进自己掌心，轻轻摩挲了两下。他语调十分随意：“得在小蝴蝶身上做点标记，出门才不会被人欺负。你说对不对？”

岑蝶未作声。

“今天这种事，不会再发生了。”

毕竟是家养的蝴蝶嘛。

总不能被不识相的外人觊觎伤害。

02

弯月高悬。

室外夜凉如水。

生日会刚刚过半，段沉便领着岑蝶告辞退场。

司机将车开到庄园主楼大门口。

段沉替岑蝶拉开车门。

等她坐上车后，他顺手合上门，隔着窗同她说：“小蝴蝶先在车里休息会儿，我抽支烟。”

岑蝶点头：“嗯，好。”

“真乖。”

段沉笑了笑，直起身，往后退了三四步。他也没走远，依旧在岑蝶视线内。

他从口袋里摸出烟，点燃。

还是熟悉的万宝路爆珠。

隔着一段距离，岑蝶都能认出来。

毕竟，两人就是因为一盒万宝路，才得以结识。她虽然自己不抽烟，却也忘不了这个烟盒包装，以及那股清淡烟味。

男人身形高挑清瘦，垂下眼，指间夹着烟，似是陷入思索。

烟雾氤氲而上。

岑蝶手背抵着下巴，不知不觉，看入了迷。

再回过神时，段沉已经拉开了车门，正好整以暇地看着她。

“这样开着窗不冷吗？”他慢条斯理地问。

岑蝶的脸颊“噌”地烧起来。她整个人往里挪了挪，闭口不言，只赶紧给他让位置。

这回，段沉倒没有再取笑她，只是坐到她旁边，慢声给司机报了个路名。

岑蝶刚到京市，对各地路名都还不够熟悉，随口问了句：“那是什么地方？我们要去哪里？”

“回家。”

“回家？”她有些惊愕，不解地重复了一遍。

段沉揉了揉太阳穴：“唔，折腾了一天，不累吗？”

哦，原来是这个意思。

岑蝶松了口气，但下一秒，她想到了什么，又忍不住开始紧张起来。

在胡思乱想中，时间悄悄被拉长。

是夜，京市同海市一样，依旧车水马龙，不见消停。

进市中心这条路，偶尔还会有堵车情况，略显得有几分磨人。

大约五十分钟后，两人终于抵达目的地。

段沉低声同司机交代了几句，然后领着岑蝶上楼。

“进来吧。”

岑蝶换了拖鞋，小心翼翼地走进去。

段沉这套房子是传统意义上的大平层，哪怕外头天黑，站在客厅里，依旧能感觉到视野开阔，比之前她去过的那个酒店式公寓更大。

但内装却是一样“不近人情”。

看起来冷冰冰的。

岑蝶站在原地，视线四下睃了一圈，轻声问：“这是你家吗？”

段沉正在摘手表，闻言，漫不经心地笑了笑。

“喜欢吗？”

岑蝶点头：“挺大的。”

段沉：“喜欢就送给你，好不好？以后你不想住寝室，就住到这里来，出去买东西吃饭也方便。”

岑蝶愣住了。

送给她？

这套房子？

段沉这轻描淡写的一句话，陡然颠覆了她的世界观。

但事实上，岑蝶也不是很高兴。

她承认，因为和段沉在一起，自己变得矫情而敏感，还逐渐擅长脑补。

对于这份突如其来的惊喜，就算时间已经过去那么久，她依旧无法做到完全坦然。

就像中彩票一样，巨大的喜悦过后难免患得患失。

“……这是什么意思？”岑蝶干巴巴地问了句。

金屋藏娇吗？

段沉挑了下眉，朝她这边走过来，顺手捏了捏她的脸颊，假意叹气：“就知道小蝴蝶要瞎猜了。我是想让你能在这里待得舒服一点，毕竟是陌生的城市。对吧？”

这话听着很是妥帖顺耳。

刹那间，岑蝶再没了迟疑，安安静静地倚进男人怀中。

段沉身上永远是那股薄荷清香，很浅很淡，凑近了才方觉好闻，此刻，还混合了一点点万宝路的尼古丁气味。

岑蝶趴在他怀里，垂着眼，手指无意识地抠着他衬衫的纽扣。

她兀自喃喃道：“……还是不要了。感觉很奇怪。”

段沉轻笑了一声：“哪里奇怪？”

“哪里都奇怪。”

反正，和她想象中的那种恋爱不一样。

哪有上来就送房送车的。

段沉沉吟半秒，煞有介事地点点头：“那就听小蝴蝶的。小蝴蝶高兴最重要。”

“谢谢。”

顷刻间，两人各自沉默下来。

谁也不知道是谁先主动开始的，一个亲吻，重新点燃了夜。

岑蝶身高一米六三，比段沉矮了二十厘米还多，穿着居家拖鞋，得很费力地踮起脚尖，再仰着头，才能与他接吻。

不过，客餐厅装了岛台，段沉轻轻松松地将她抱起来，三两步穿过空地，把她放到中岛台上。

位置瞬间倒转。

岑蝶低头去看他。

这个视角，加上头顶射灯光线斜斜打过来，越发显得段沉五官深邃、眉眼精致，如雕塑一样，完全找不到丝毫缺陷。

她忍不住抬起手，指尖落到他眉头，沿着轮廓，一点点向下抚去。

段沉并没有阻止她，任凭她轻抚，脸色没有丝毫变化，唯独呼吸变得急促几分，目光有些隐忍意味。

气氛越发旖旎。

岑蝶缩回手，低低喊了他一声：“段沉。”

“嗯。”

“段沉。”

“嗯。”

“段沉……”

“我在。”

段沉声音逐渐变得暗哑。

岑蝶没再喊他，只虚虚地搂住他的脖子。

她的眼睛湿漉漉的，像是一汪清泉，要将人溺毙其中。

“段先生，我好喜欢你。”

从第一次见面起，就陷入迷恋，无法自拔。

十八年来，她从来没有这么失控过。

段沉抬起手，大掌落到岑蝶背上，摸索着往上。

裙子后头有一条长拉链，从脖颈后面，可以一直拉到腰下。

段沉一只手搂着她的腰，将她的身体支撑在岛台上，不东倒西歪，另一只手则准确摸到了裙子的拉链。

“嘶啦——”

拉链很是顺滑，一拉到底。

这般场景中，一点点细微动静，都会被无限放大。

岑蝶感觉整片后背尽数与空气相触，没了阻挡。

一阵凉意袭上大脑。

她身体轻轻颤抖了一下。

段沉的掌心却是火热，先将她从裙子里整个剥出来，把这条昂贵的花瓣裙随手扔到一边，再引领着她的手，去解他自己的衬衫纽扣。

这并非两人第一次赤诚相对。比起上回，此刻，岑蝶心中的不安削减了几分，也不再如上次那般紧张无措。

当然，紧张还是有的。

到底还是个小姑娘，怎么都装不来那种游刃有余。

段沉像个温和的老师，不急不缓，循循善诱，又悄然蛊惑着她的神志。

两人一直维持着刚刚的姿势。

岑蝶坐在岛台上，激烈时分，纤细小腿腾在半空，止不住地摇晃，皮肤白得灼目。她手指蜷缩，手臂无力地搭在段沉肩膀上，声音也被撞得破碎不堪。

“段、段沉……唔……”

她仰起头，难耐地咬住下唇，喘息。她眼角也噙了泪珠，要掉不掉的。

段沉屈起手指，强势地捏住她的下巴。

“小蝴蝶，看着我。”声音到底是失去了一贯的沉稳平静。

岑蝶依言望向他。

段沉重重一个挺身，以一种绝对掌控的态度，开口道：“小蝴蝶已经是我的人了，以后，哪里也不要去。”

就待在他身边。

永远只这样迷恋地看他。

他会用最好的、最漂亮的瓶子为她做茧，风霜雨雪，百毒不侵。

段沉从来没有试过豢养一只蝴蝶。

不过，他已经做好了准备。

只这一下，岑蝶整个人便彻底软下来，如果不是靠着他借力，应该马上就会倒下去。

灭顶的欢愉冲上大脑，顿时，眼前变得迷茫一片。

她没有听清段沉的低语，只用最后的理智，磕磕绊绊地开口：“……段、段沉，你，喜欢我吗……你还、还没有回答。”

就算到了这种时候，岑蝶都不敢用“爱”这个字。

她渴望得到一个肯定的答案，自然就要将标准放低——不过，哪怕段沉说“不”，似乎也无法阻止自己飞蛾扑火，野火燎原。

段沉低笑了一声，声音十分愉悦。

等她缓过来，他再将人抱起来，大步往卧室方向走去。

他说：“当然。我明明说过很多次，我当然喜欢小蝴蝶了。小蝴蝶问一百次也没关系，都会是这个答案。”

十八岁这一年，岑蝶以一种顶礼膜拜的姿态，将自己尽数献给段沉。

并且，义无反顾。

酣畅淋漓过后，等到天色微亮，两人才堪堪鸣金收兵。

收拾停当，岑蝶趴在段沉怀中，累得睁不开眼，但大脑不受控制地依旧亢奋着。

因为段沉说，从前没带过女人回自己家，忘了在这里给她准备女士睡衣。岑蝶不得不借了件段沉的短袖上衣，当睡裙穿。

此刻，两人身上就有相同的味道了。

岑蝶深吸了一口气，低低喟叹一声，心中温澜潮生。

“睡不着？”

突然，耳边传来他低沉的嗓音。

听到声音，岑蝶又往段沉怀中缩了一下，闷着脸，摇头。顿了顿，她又点点头。矛盾得可爱。

她的头发无意识地掠过他的皮肤，蹭得人心痒。

段沉低低笑了笑，撩起她一缕发丝，绕在指间把玩着，动作有些轻佻旖旎：“小蝴蝶还不睡，天就要亮了。”

岑蝶抿唇：“……可是你也没睡。”

段沉“唔”了声，抬手，将台灯拧开，调到最低亮度。

昏黄光线从灯罩里透出来，带着一丝朦胧的感觉，叫人觉得惬意，也不刺眼。

岑蝶微微抬头，不明所以地看着他。

“我抽支烟，介意吗？”

“不介意。”

段沉放开她，上半身半坐起来，靠在床头，再从床头柜上摸过烟盒和打火机。

烟雾袅袅，蒸腾而上。

岑蝶仰着头，倏地，轻声问道：“能不能给我试试？”

闻言，段沉明显一滞。

很快，他眯眼笑起来，再摸摸她的头发，果断拒绝：“不行哦，抽烟伤身体。”

“那你抽也伤身呀。”

“嗯？小蝴蝶是嫌我年纪大了吗？”

岑蝶不知道他怎么会把思路歪到这种地方。

她只是看他吞云吐雾的样子太过迷人，福至心灵，便也想试试尼古丁的滋味，是不是和段沉一样，让人上头。

不过，客观来说，两人的年龄差确实不小，差了九岁还多。岑蝶想和段沉长长久久地在一起，确实也该考虑一下他的身体。

想了想，她干脆默认下来。

段沉笑得有点邪气：“年纪是比小蝴蝶大了点，但是应该还能满足你。”

岑蝶陡然瞪大了眼睛，脸颊“唰”地飞红，睫毛微微颤抖。她伸出手指，难以置信地指着他。

“段沉，你、你……”

段沉像是被她这副情态逗乐，眼神中也漾出笑意。

“乖乖，不逗你了。”

说着，他侧过身，从床头柜抽屉翻出一个烟灰缸，随手按灭烟头，再往下躺了躺，将小朋友结结实实地抱进怀中。

心跳声贴在耳边，怦怦作响。

这种节奏，让岑蝶逐渐平静下来。

她咬了咬唇，喊他：“段沉。”

“嗯。”

“能不能问你一件事？”

“当然，问吧。”

岑蝶深吸一口气，终于鼓起勇气，将心中盘旋一晚上的疑虑问出口来：“今天，那位姜小姐，她说，我长得有点像她……是因为这样，你才会注意我的吗？”

闻言，段沉收紧了手臂，回答得几乎没有丝毫犹豫：“小蝴蝶怎么会这么想？”

岑蝶：“其实也不是……就是随便问问嘛。”

她自己也不是没长眼睛，看得出来，两人确实称不上太过相像。

但在这种河倾月落的深夜，与心上人刚刚做完最亲密的事，总免不了患得患失，胡思乱想。

再滑稽的念头，都会伴随着渴望与爱恋，在须臾之间，应运而生。

段沉轻嗤一声。

台灯的稀薄光线打在他脸上，棱角分明，帅气逼人。

甚至，还带着深不可测的距离感。

他说：“姜挽倪真是什么事都能扯到自己身上，未免太看得起自己了。”

岑蝶小心翼翼地揪了揪他后背的皮肤——她本来想捏的，偏偏这男人身材太好，肌理分明，后背一点肉都捏不起来，只能改为揪了。

“段沉，你生气了吗？”

段沉：“没有。我不会对小蝴蝶生气的。”

她松了口气，决定不再提这个话题。

想了一会儿，岑蝶才再次开口，问：“你是真的会弹钢琴吗？”

还是料准了没人会让他上去表演，今晚才故意那么做的？

“唔，会一点。”

“……好厉害。”

段沉低下头，亲了亲岑蝶的额头，温声说：“下次弹给你听。”

岑蝶点头，没再说话。

卧室里，气氛一下子沉寂下来。

折腾了这么半天，她倒是比刚刚更精神了起来，大抵是过了生物钟时间，反而不再困顿。

身侧，段沉显然也没有睡着，气息不见多少平稳放缓。

这般挨了十来分钟，岑蝶败下阵来。

她伸出手，从自己这边的床头柜上拿来便笺本，撕了一页纸下来。

段沉睁开眼，也不打断，只默默看着她的动作。

岑蝶拿着那张纸，开始手指翻飞。

不过三五分钟，一朵折纸玫瑰已然安静地躺在她手中。

她满意地笑起来，转身，将那朵玫瑰递给段沉：“送给你。定金。”

“什么定金？”

“听你弹钢琴的定金。可以吗？”

倏忽间，段沉心尖一软。

纵观这近三十年，他送出去过无数玫瑰花，或半分真心，或逢场作戏，这却是第一次从女人手中收到玫瑰。

小朋友总是这么简单，满腔真心尽数写在脸上，恨不得把心捧给他一样。

大概，之前，他就是被这些细枝末节骗得动了心，做了很多不像自己的事。哪怕明知道不会有结果。

段沉面上不显，从她手中接过那朵玫瑰，端详了片刻。

“小蝴蝶还会折纸？”

“网上学的。”

“很像。谢谢，我很喜欢。”

段沉将纸玫瑰放到一边，翻过身，重新覆到岑蝶身上。

“既然睡不着，那就再做点其他事吧。”

他声音里含着笑意和欲色，如此说道。

次日，晚饭结束后，岑蝶回到寝室。

姜亦可在寝室，没出去。自然，免不了被一顿调侃盘问。

“岑蝶，夜不归宿吼！”

事实上，岑蝶算不上多腼腆的人，但被姜亦可这么一闹，又想到自己昨夜胡闹了一整夜，也忍不住脸红起来。

她赶紧侧过脸，假装忙碌，试图避开对方灼热视线。

见状，姜亦可了然于胸，摆手：“啊呀，害羞什么。大家不是都说过的嘛。”

寝室里偶尔会夜谈，肯定要聊些恋爱话题。

关上灯，女孩子们变得百无禁忌。

不过，关于岑蝶这个男朋友，室友们追问过好多次，她都闭口不谈。被问急了，她只含含糊糊、欲盖弥彰地说几句。时间久了，大家便也就知道，她可能并不愿说起这件事。

姜亦可没有再问什么，转而说起后面的假期计划。

岑蝶躺在床上，安安静静地听着，间或给出点意见。

在姜亦可的期待声调中，她的心情逐渐变得明朗。

不多时，姜亦可话题一转：“……说起来，岑蝶啊，你认识齐蒋川吗？”

岑蝶愣了愣，眉头皱起，想了几秒，点头：“是之前学生会的学长吧。我到京市那天，是学长来接我们的。”

不过，当时，齐蒋川突然问她有没有男朋友，让岑蝶生出些许戒心来。开学以后，她因为想着要做校内兼职，没去参加学生会，也没再与他有过什么交集。

姜亦可反身坐在椅子上，仰头望向她，脸颊微红。

“我那天听他提到你……他不是你男朋友吧？”

岑蝶愕然，“怎么可能！”

姜亦可：“那就好。岑蝶，我跟你说，我打算追齐蒋川呢。”

国庆假期最后一天，段沉约岑蝶一同吃晚餐。

这回，时间太巧，正赶上学生回校高峰。等岑蝶下楼的这段时间里，段沉打开车窗，恰好被人偷拍到侧脸。

毫无意外，照片被投稿上了学校“表白墙”。

△墙！找人！

△今天傍晚这个坐在车里的男生，有人知道是哪个系的吗？有女朋友了吗？我室友对他一见钟情了！求求了！

△当时没好意思敲车窗，回到寝室越想越后悔！如果不能认识他，我室友说自己死不瞑目！

△拜托墙了！要脸，还是匿一下。

照片一经发出，立马引起轩然大波。

△哇！好帅！我们学校还有这么帅的男生呢？

△没有正脸照，你们怎么看得出帅不帅的？

△这打扮，看起来不像是学生吧，是不是哪个专业的老师？还是客座教授？

△感觉像是明星。最近咱们学校有剧组过来借地方吗？

…………

一时之间，各种猜测，众说纷纭。

直到几近凌晨时分，终于有人出来说出真相。

△不是本校学生，应该是别人家的男朋友。我今天走过的时候，看到一个女生上这辆车了。

但这条回复出现没多久，整个帖子尽数消失，不见踪影。

岑蝶捧着手机，长舒了一口气。

她切出微信，给段沉发消息：谢谢。

Duan：不客气。

Duan：小蝴蝶早点睡。晚安。

段沉回答得这么爽快，却又叫岑蝶内心纠结起来。

他会不会不高兴了？

明明他把自己公开在所有朋友面前，自己却因为怕麻烦、怕被人过多关注到，躲躲藏藏的，还要麻烦他去找人删照片。

这会儿，寝室已经熄了灯。入目处，又有遮光床帘遮挡，皆是一片漆黑。

岑蝶将下巴抵在膝盖上，怔怔出神。

她对自己的感情不是没自信。

所以为什么第一反应是不想让人知道呢？

难道，是潜意识里对段沉没信心吗？

为什么？

明明两人已经这么亲密了，为什么还是没信心呢？

各种念头一个一个往外冒。

岑蝶长叹一口气，决定不再多想。

反正，无论是刀山火海，她总是得往下走的。

03

上学时间总是过得飞快。不知道什么时候起，京市天气骤然凉下来，各处开始供暖。

这段时间里，岑蝶和段沉保持着每周末见一次面的频率，白天一起吃饭，各处逛逛，晚上则是留宿他家，与大部分年轻情侣没什么分别。

偶尔，工作日晚上，段沉不忙，也会让司机驱车来到C大找她。

岑蝶迷恋这种被人重视的感觉。

她无法自拔地愈陷愈深。

转眼，岁聿云暮，一年走到尾声。

平安夜，岑蝶躺在段沉的臂弯里，什么都没穿。灰色床单上，雪白皮肤漾出粉色，自上而下，艳丽又迷人，像一幅上好的油画。

骤雨初歇，她睁了睁眼，睫毛微颤着，小声问道：“……今天没应酬吗？”

段沉“嗯”了一声：“没什么事。”

岑蝶嘟了嘟嘴，嘟囔：“我还以为，你年底会很忙。”

今晚，段沉是突然出现的。

本来寝室几个女生安排了平安夜聚餐活动，说一起去吃烤肉。岑蝶想着，段沉昨天今天都没发消息给她，肯定忙得没空找她。再加上，自己上大学也该合群一点，参加一些社交活动，她便爽快答应下来。结果，走到半路，她突然接到段沉的电话。

司机已经在等。她不得不抱歉地爽了室友的约。

当即，段沉听出小朋友语气中一点点不满之意，沉沉地笑了声。

这点不满，比起抱怨，更像是撒娇。因为过于可爱，叫他觉得心情十分愉悦。

段沉捏捏她的脸颊，调侃道：“嗯？小蝴蝶不愿意陪我吗？想让别的事情绊住我？”

“……哪有。”

“那有想着跟我一起过圣诞吗？”

岑蝶重重点头：“当然啦。”

她恨不得每天、每时、每刻都能看到段沉。像圣诞节这种情侣味道这么重的节日，自然是早就设想过。

段沉挑挑眉：“那圣诞礼物呢？”

岑蝶："放在寝室了……你给我打电话的时候，我已经和室友一起出门了，没来得及再回去拿。"

对于这个答案，段沉终于心满意足。

他亲了亲岑蝶，呢喃般低语："我的礼物，明天带小蝴蝶去拿。好不好？"

明天是周五。

岑蝶仔细回想着课表，刹那间，便决定翘掉一节专业课。

"好啊。"她答道。

第二天，京市竟然从早上就开始下雪。

岑蝶拉开窗帘，入目处，是一片银白色。

她忍不住，"哇"地惊叹了一声。

段沉从卧室外面走进来，习惯性地先过来抱她。等小蝴蝶被圈入自己怀中后，他顿了顿，才问道："看到下雪了？"

"嗯，这是我第一次看到北方的雪。真的好大啊，居然还能看清雪花的形状。"

海市是南方城市，因为平均温度偏高，冬天少有下雪。就算偶尔下一两场雪，那也只是雪粒子，落到半空，差不多已经化成水。

鹅毛大雪、白雪皑皑……这种形容词都不可能在海市的冬天里出现，才显得新奇。

岑蝶目光不自觉被窗外景色吸引，嘴角挂上了笑意。

段沉是京市人，早就看腻了这种雪景，干脆侧过头，目不转睛地瞧着怀中的人儿。

纵然他接触过无数漂亮女人，也不得不承认，岑蝶笑得实在漂亮，有种栀子花一样的清丽动人。

但无论什么花，总归是脆弱的。

哪怕养在暖棚里，再细心照顾，也无法改变花瓣的本质。

段沉心中闪过几个念头，脸上却不显，只俯身凑过去，亲了一下她的唇角。

岑蝶猝不及防，受惊似的瞪大了眼睛。

顿了顿，她又赶紧捂住嘴，含含糊糊地说："我还没刷牙呢。"

段沉："没事，我不嫌弃。"

两人笑闹了会儿，等阿姨做完饭离开，再一同简单吃了顿午餐，收拾出门。

目的地还是上次那处四合院。

岑蝶有些懵懵懂懂，问段沉："我们不是去拿礼物吗？"

段沉点头："是。"

"那怎么……"

这么麻烦，居然还要换衣服做造型？

她嘟了嘟嘴，低下头，随手拨弄了一下礼服裙摆。

此刻，岑蝶身上这条礼服无比正式，比上次那身花瓣裙更甚，妆容和发型也被化妆师打理得偏成熟几分。

每个细节、弧度，皆是一丝不苟。

唯独皓月般白皙的手腕上，戴着一串佛珠。

说是不显协调，偏生又给人勾勒出些许禅意和飒然。

岑蝶对着镜子看了一眼。

倒是有几分名媛的感觉了。

果然，人靠衣装马靠鞍。

只是她目光有些怯怯，欲说还休，到底不如正经高门大户的女孩那般坦然大方。

段沉合上平板电脑，走到她旁边，再牢牢握住她的手臂，半扶半抱地带着她站起身。

他温声解释："因为，今晚有个拍卖会。我看中了一样拍品，想送给小蝴蝶当圣诞礼物。"

"啊，所以……"

"所以，礼物还在拍卖会，等小蝴蝶亲自去取。"

至傍晚，雪停。暮霭沉沉。

两人抵达拍卖会现场。

主会场门口站了一圈黑衣保安，个个身材魁梧高大，表情严肃。监控也是布满了各处，十米一个，叫所有异样全无所遁形。连风声好似都在此处停摆、转向，不敢擅闯其中。

这场面，实在夸张。

岑蝶紧张起来，条件反射般往段沉身后缩了缩。

没想到，段沉立马感觉到她的状态变化，脚步略微一顿。

"别紧张。"

"……我不紧张。"

“那怎么松手了？”

段沉挑了挑眉，好整以暇地看向她：“小蝴蝶不是说好要一直挽着我的吗？突然松手，万一被别人带跑迷路了怎么办？”

岑蝶没办法，只得将手重新放回他臂弯里，逼迫自己昂首挺胸，继续与他并肩而行。

会场和岑蝶想象中的不太一样。

之前，她一直以为，拍卖会嘛，就该和审判庭似的。拍品在台上展出，主持人做法官，底下都是观众，坐成一排一排的，想要就举牌。

然而，事实上，这一场拍卖会是非公开性质，宾客规格也很高，怎么会只让他们坐冷板凳。

两人被身着旗袍的侍者引领着，走到最前面的圆桌旁。

“段先生，请。”

按照标准礼仪来说，这一桌算是全场主位。

除了段沉和岑蝶，桌上其余面孔，大多是长者，四五十岁左右，且皆是身着西服，气度不凡。

“小段来了啊。”

“好久没见了，你爷爷最近还好？”

“今天是帮你爷爷来拍东西的吗？我记得他最喜欢收集这些玩意儿。”

段沉与之一一握手，面容含笑，温和作答：“各位叔伯，好久不见。”

“许久没去拜访您了，改日一定登门。”

“爷爷最近身体很健朗。”

岑蝶兀自缩在段沉旁边，只当一件装饰品。

全程没有人问起她的身份。

就算偶有视线掠过，也只轻描淡写地打量一眼，便径直挪开目光，再不分半点关注度给她。

幸好，不过寒暄几分钟，段沉就带她回到自己位置这里，又伸出手，替她拉开椅子，示意她落座。

岑蝶理了理裙子，小心翼翼地坐下。

段沉也坐到她旁边，顺手递给她一本拍品手册，低声道：“别紧张，小蝴蝶看看有什么喜欢的。”

岑蝶“嗯”了一声。

她翻开手册。

第一页印了这次拍卖会的压轴品，天青釉瓷瓶。

起拍底价，五百万。

……真是纸醉金迷的活动。

岑蝶抿了抿唇，赶紧翻到下一页。

后头几页都是一些古玩。

再往后，断断续续，出现了宝石饰品之类。

但也都有点来头。

所以，段沉想送她什么？

总不能是青花瓷吧？

岑蝶好奇心被提起来，翻阅得越发仔细。

终于，她在手册后半段，找到一枚蝴蝶宝石胸针。

“……段沉。”

段沉放下酒杯，侧头：“嗯？”

“是这个吗？”岑蝶指了指图片。

段沉笑起来：“小蝴蝶真聪明。喜欢吗？”

闻言，岑蝶脸色有些犹豫：“好看是好看，可是这太贵重了。”

送礼这件事，就该有来有回，方显心意交相。

可是，她要用什么才能回报他？

段沉：“没什么贵重不贵重的。用来配我的女朋友，什么都不嫌贵重。”

岑蝶无话可说。

不多时，主持人上台，拍卖会正式开始。

很快轮到那枚胸针。

主持人详尽地介绍了一番，这枚胸针是什么来历、上头宝石是什么材质、什么工艺等等。而后，才宣布开始竞拍。

因为有不少名媛小姐在场，这胸针造型又实在漂亮，价格顺势被叫起来。

段沉迟迟没举牌。

岑蝶不明所以，拿眼去偷瞄他。

恰好，被捉个正着。

圆桌铺着桌布，很好地阻隔了视线。

桌底下，段沉握住她的手，摩挲着她细嫩的指腹。

岑蝶被他弄得有点痒，想甩，又甩不开桎梏，只好抬起腿，轻轻踢了一下他的小腿，以作警告。

段沉低笑一声，凑到她耳边，用只有两个人能听到的声音，说：“小蝴蝶，你知道吗？这种时候踢腿，是想和我调情的意思。”

话音落下，顷刻间，岑蝶脸颊变得通红。

“……段沉！”

段沉的笑意越发愉悦。

这短短一打岔的工夫，台上，竞拍已然结束。

蝴蝶胸针拍出了一个六位数的价格。

在下一件拍品端上台前，主办方已经将胸针送到段沉手上。

众目睽睽之下，段沉将胸针戴到岑蝶的礼服裙上，端详数秒，又调整了一下位置。

“圣诞快乐哦，小蝴蝶。”

胸口滚烫。

岑蝶手指不自觉蜷缩，怔怔地望着面前的男人。

段沉说：“这下，所有人应该都知道，小蝴蝶是我的蝴蝶了。”

拍卖会中场休息，不少人端着酒杯来到段沉旁边，同他以及同桌那几位长者攀谈。

觥筹交错，好不热闹。

岑蝶听不懂他们的话题和玩笑，干脆让开位置，站起身，独自去洗手间。

洗手间在会场外。

穿过走廊后，喧闹声逐渐稀薄。

为了搭配这身礼服裙，造型师给岑蝶选了一双细高跟，脚踝后面还有一对立体蝴蝶翅膀，走动间，像是随时就要振翅高飞。

然而，美丽的代价就是难以行动。

岑蝶本就不擅长穿高跟鞋，更别说这么高的鞋跟。没有段沉在旁边借力，她每一步都得走得小心翼翼，生怕摔倒下去。

这种场合，绝对不能丢脸。

终于走到洗手间门口，岑蝶背上已经浮起薄薄一层虚汗。

她松了口气，提起裙摆，倏地，脚步又是一滞。

姜挽倪正靠在门边，抱着手臂，不知道在这里看了她多久。

“……有些人，果然是穿上龙袍也不像太子。”她嗤笑。

岑蝶心头一紧，睫毛微微下落，并不理她，径直往里走。

下一秒，姜挽倪竟然往旁边一跨，结结实实挡住了她的去路。

对方明显就是特地冲她而来。

岑蝶有些诧异，眨了眨眼：“姜小姐？”

姜挽倪：“聊几句？”

哪有人在刚嘲讽完别人之后，又说要聊几句的。

偏偏，因为姜挽倪气势太足，语气理直气壮，还带点居高临下的意味，总让觉得她做什么事都理所应当。

岑蝶自知无法应付，摆了摆手，低声拒绝道：“抱歉啊，姜小姐，我……”

“用不着抱歉。”语毕，姜挽倪直接上手，拽住她的手臂，将她往旁边带。

岑蝶没料到姜挽倪会动手，一张小脸骤然变得惨白如纸。生怕被姜挽倪拉得摔倒，她只得趺趺撞撞地随姜挽倪过去。

洗手间斜对面有个小房间，应该是杂物间之类。

姜挽倪随手推开门，摸到墙上的开关，打开灯，将岑蝶拉进去，再反手合上门。动作一气呵成，显得大小姐霸道又蛮横。

岑蝶无可奈何，人往后退了半步，眼中也露出戒备之色。

姜挽倪却没有再靠近她，只是站在门边，依旧双臂环抱，开门见山道："岑小姐，我想和你做个交易。"

"啊？"

岑蝶蒙了一下。

"时间紧迫，我也不和你废话，只要你帮我说动段沉，帮我解决一个麻烦，我可以给你一笔钱，数额你开，多少都行。"说着，姜挽倪又扫了她一眼，藏不住语气里的那种嫌恶，撇撇嘴，哼笑，"你家那种情况，应该很需要钱吧？你跟着段沉，他对情人的手笔倒确实是一贯大方，但开口要真金白银还是不方便吧？想必，你也不是走这个路线的。"

说实话，岑蝶丝毫不意外，自己家这点事会被挖出来说嘴，毕竟当年可是上了新闻的，闹得轰轰烈烈。

既然段沉能知道，姜挽倪自然也能知道。

她觉得被冒犯，不全是因为这件家事。更多的，好像是姜挽倪用这种肆意又居高临下的态度来揣测她与段沉的关系。

岑蝶自认并非含霜履雪之人，但对段沉的感情，绝对不如旁人揣测那般。

不可否认，在见到段沉的第一眼，她就被他吸引。那时候，她还不知道他是什么人、身家几何呢。

所以，这种感觉，实在叫岑蝶觉得难受，难受到再不想同姜挽倪说一句话，只想立刻离开这里，回去找段沉。

岑蝶握紧拳头，深吸一口气，开口："抱歉，我帮不了你。"

她答得过于干脆，姜挽倪表情有些愕然。

"你不仔细考虑考虑？你跟着段沉，不就是为了钱嘛。不趁着他对你还有兴趣多捞点，难不成，你还指望你们有什么后续？还是说，你要房子？要车？岑小姐，你想要什么，你可以告诉我……对你来说，其实只是几句话的工夫而已。能成则成，事后绝不会为难你。"

岑蝶抬起头，正视姜挽倪，一字一顿地答道："谢谢你。我什么都不需要。我也不会干涉段沉的任何事情。姜小姐，你和段沉应该是故交吧？如果你有需要的话，可以自己去找他说。"

说完，她抿着唇，一只手拎起裙摆，另一只手扶墙，打算绕开姜挽倪，快步离去。

见状，姜挽倪蹙起眉，没有动，也没有再说话。

这位大小姐，只是用一种微妙而犀利的眼光，紧紧注视着岑蝶，像是要看穿她的神态动作，看到她内心去。

杂物间空间狭小逼仄。

两人擦肩而过。

倏忽间，姜挽倪轻轻笑了一声，喊她：“岑蝶。”

岑蝶停下脚步，抬起头，发现姜挽倪正定定地看着她胸口位置。

那里别着一枚蝴蝶胸针。

不久之前，它还躺在拍卖台上，被在场许多女人竞相叫价。

既然姜挽倪也来了，那么，她也举牌了吗？

岑蝶不清楚，但是她清楚一件事。

如果说刚刚，姜挽倪只是看不上她，显得态度轻蔑了些。此刻，姜挽倪的语气已经几乎称得上有点恶意了。

她说：“告诉你一个八卦，关于段沉的。”

岑蝶呆呆的。

“段沉有两张名片，不知道你见过没有。其中有一张，上面只印了名字和电话。那种名片，是专门给漂亮女人的。”

岑蝶睫毛颤了颤。

姜挽倪笑起来：“你不会觉得，自己和她们，有什么不一样吧？”

圣诞过去就是元旦，京市再次落雪。

元旦有三天法定小长假，但段沉有事，没法抽出时间来陪岑蝶跨年。刚好，今年寒假放假时间早，下周C大就要进入考试周，她确实也得留在学校复习。

到12月31号那天，姜亦可和社团出去聚会跨年。

岑蝶则是跟着另外两个室友，踩着积雪，一起去图书馆复习。

这一天，和往日每一天，好似都无甚分别。

直到晚上，姜亦可回到寝室。她没急着收拾，而是先走到岑蝶这边，一脸欲言又止表情。

岑蝶：“嗯？”

姜亦可吞吞吐吐：“那个……岑蝶……我……”

“你找我有事？”岑蝶已经上了床，正倚在枕头上背书，见姜亦可这样，立马严肃地坐直身体，望向她。

姜亦可还是不说话。

两人对峙许久。

终于，姜亦可回过头，看了一眼另外两个室友，确定两人都在忙自己的，这才将手机掏出来，调出一张图片，拿给岑蝶看。

岑蝶拧着眉，扫了一眼。

竟然是一张她和段沉的合照。

图里，她挽着段沉的手，仰着头，脸上含笑，眼神里的恋慕意味几乎要从屏幕里溢出来。

背景是一家餐厅门口。

岑蝶记得，那日，她突发奇想，想去吃某家网红店，段沉便带她去了。

网红店价格还算亲民，年轻人不少。可能是碰到了同校同学，却也不知道是谁拍的。

岑蝶将目光从照片上挪开，侧了侧脸，问道：“怎么了吗？”

姜亦可收回手机：“这是那个连号吗？”

“是。”

“他看起来比你大……”姜亦可依旧是欲言又止。

岑蝶点头：“是啊，怎么了？”

姜亦可败下阵来，叹了口气，没再说什么。

“岑蝶，你要保护好自己。”

“谢谢你。我知道。”

岑蝶朝姜亦可感激地笑了笑。

这件事，到寒假里，岑蝶突然想起来，当玩笑一样说给了段沉听。

因为她不想回家面对张晴，便找了个借口，说要留在京市实习，今年就不回去过年了。事实上，给张晴发消息时，她人已经离开学校，简单收拾过东西，搬去了段沉家中。

时值年关，正是一年人情往来的关键节点，段沉也比平日忙了不少，没法天天回到这里。

岑蝶并不介意，也不追问他的去向。

若是他人不在家，她就自己找点事做，看书、看剧之类，偶尔去楼下商场逛逛，或者试着研究一下做菜。

是夜，段沉回到家中。

岑蝶跳起来，迫不及待地想要展现厨艺，让他评价一下，看看是否有进步。

她说：“我最近看视频，学了一个玉米排骨汤，炖给你试试，好不好？”

段沉正在换衣服，闻言，挑眉笑起来，问她：“现在炖还来得及吗？”

时间已经不早。

岑蝶想了想，声音低下去：“……用高压锅压一下，应该会快一点。”

段沉：“行啊，那我就期待一下小蝴蝶的厨艺了。”

大约四十分钟后，岑蝶将汤从高压锅盛出来，自己先拿把勺子尝了尝。

调味居然还不错，没有发挥失败。

“可以啦！”岑蝶兴高采烈地喊了段沉一声。

待他走出来，两人便对坐到岛台边。

小朋友眼中掺着期待，不容忽视，目不转睛地看着他：“怎么样？”

段沉点点头：“小蝴蝶很不错啊。”

岑蝶抿唇笑起来。

蓦地，她又想起什么般，开口道：“说起来，上次我们去那家店吃饭的时候，好像被我同学偷拍了。”

闻言，段沉蹙起眉，放下调羹。

陶瓷与碗壁相碰，发出“哒”一声轻响。

段沉目光严肃起来：“什么偷拍？”

岑蝶回答：“我也不知道，我室友给我看的，好像是看到我们俩在一起吧。可能他们都好奇你是谁。”

毕竟，仅凭一张侧脸照，段沉就能在C大“表白墙”成为大众情人，可见其容貌气质过人。

段沉沉吟：“需要我处理吗？”

岑蝶：“应该没什么吧。”

既然她这么说，段沉敛起表情，继续吃饭，也没再多问。

两人转而说起旁的事。

一是，大年夜、年初一，段沉都没有办法陪她，问她想不想去周边玩玩，让他助手给她陪玩。

岑蝶想了想，出声拒绝：“没关系啊，我以前也是一个人过年的。”

大年夜，张晴就要在家里摆上牌桌，拉着家中亲戚一起玩，没工夫搭理她。

这个娱乐活动会持续通宵。

到后面初一初二，小区棋牌室开门，更加见不着张晴的人了。

岑蝶早就习惯这种孤独的生活，没必要影响人家助理回去过年。

更何况，京市又冷又干，去室外实在煎熬，她也没兴致出去玩什么。

段沉点点头，并没有强迫她。

“好，那我初二回来陪你。”

恍然间，岑蝶有种错觉，自己就像是个等待丈夫回家的妻子。

这个设定一旦产生，再联想一下，她忍不住低笑出声。

“小蝴蝶在笑什么？”

“唔，没什么啊。”岑蝶摇摇头。

只是，情绪又陡然低落下去。

什么丈夫妻子……可能吗？

顿了顿，她仰起头，看向段沉。

“名片”两个字已经近在齿间，踟蹰良久，到底还是默默咽了回去。

……算了。

段沉十分敏锐，几乎是刹那间，感知到小朋友的失落。

他将最后一口菜咽下去，起身，走进卫生间漱口，再出来时，已是满腔薄荷清香。

岑蝶：“段沉，你不吃……”

话音未落，段沉干脆利落地将她从岛台边抱起来，大步往阳台方向走去。

岑蝶吓了一跳：“怎么了？要去做什么呀？”

段沉低下头，朝她笑了笑，眉眼间有点邪气。

…………

岑蝶被一双大手牢牢禁锢在落地玻璃上，气喘吁吁，睫毛抖得不像话。

身前是市中心繁华夜景，近得像是就在脚下，与之咫尺。

落地玻璃早就被皮肤焐得温热，不复冰凉。

背后，男人一直手搂住她纤细的腰线，另一只手往前，还在肆意游移，蓄势待发。

岑蝶早已经喊不动，也没力气拒绝，只能借力倚靠在他怀中，随他去。

休憩不过片刻，岑蝶感觉到，段沉的呼吸就在耳后，起起伏伏，勾得人浑身不自觉地酥麻。

段沉闷哼一声，低笑着再次凑到她耳边，闲聊似的问道：“小蝴蝶，说点高兴的事情吧。说说你小时候？”

岑蝶难以置信地瞪大眼睛。

此刻，房间被暖气烘得极热，她就像刚刚被从水里捞起来一样，浑身汗津津的。

这种时候，要让她怎么聊过往？

这是什么恶趣味？

岑蝶不乐意地嘟了嘟嘴，声音嘶哑：“……没力气讲话。”

段沉：“随便说。小蝴蝶什么时候说得我满意了，我再停下来。”

岑蝶压根不是他的对手。无可奈何，她只得用手臂撑着玻璃，慢吞吞地开始回想。

“小时候……唔，其实也没什么特别高兴的。但是比后来肯定是好一点。

“我六七岁的时候，我爸还没有……犯事，虽然喜欢赌，可能还有一点点理智吧。我记得，那时候，家里最后一套房子还没有卖掉。呃……是那种老公房，邻居之间都认识的。到过年，赌场不开门，我爸就带我下楼去，买一把仙女棒，分给邻居家的小朋友们，一起玩，很热闹的。

“后来，隔壁小胖子家放烟花，把另一栋楼的邻居家玻璃炸碎了。小区就不让放烟花炮仗了，都叫我们去马路上玩。

“我爸嫌麻烦，就带我去世纪公园……段沉，你知道世纪公园吧？就是……呃，海市市中心那个。

“那会儿海市还没禁烟，每年过年，世纪公园都有烟花秀，特别好看。

“……后来全城禁烟了。

“我们家也不过年了。”

灭顶欢愉中，岑蝶喃喃自语着，竟然悄然落下泪来。

下一秒，段沉掰过她的脸，再低下头，温柔而细致地将泪珠吮去。

他开口：“小蝴蝶，别哭。哭了就不漂亮了。”

岑蝶未作声。

“以后跟我。”

岑蝶噙着泪，怔怔地看着段沉。

这一刻，他是恶魔，也是佛陀。

他掌控她所有的幻想、愿景、旖梦，也主宰她的悲欢喜乐。

无论他说什么，她都奉若真理。

所以，她不受控制地说着：“……段沉，我好爱你。”

第四章

孤星

因何入红尘，误我冰雪身。

——注：出自网络

01

这个新年不咸不淡地度过，没什么糟心事，就算张晴在电话里发疯，也只是隔着电波，少了些许杀伤力。这样，就足够比往年都来得幸福自在。

至春日，京市气候尚未渐暖，岑蝶进入大一第二学期，课业肉眼可见地繁重起来。

C大这个专业算是王牌专业，堪称国内外交官的摇篮。校友里出了好几位知名外交官，至今依旧活跃在国际政治舞台上，在各种发言、发布会上都可以看到他们。

盛名之下，就注定学校的培养模式无法松懈，不能砸掉这个金字招牌。

整整两周，岑蝶和段沉没有时间见面，只能每天在微信上聊几句。

因为在寝室时间变长，姜亦可倒是率先好奇起来，问："岑蝶岑蝶，你周末怎么没和男朋友出去玩啊？"

岑蝶抬起头，拍了下厚重的书籍，声音颇有些无奈："分组作业啊。"

姜亦可："哦……我还以为你们吵架了呢。"

"没有。"

"那就好啦。"

姜亦可忙于她的倒追大计，没有刨根问底。

话题简单结束。

但，因为提到段沉，岑蝶还是被扰了心神，顺着想到他。

吵架？

他们俩好像从来没有吵过架。

不，准确来说，自己倒是因为患得患失，朝他发过几次火。段沉却从来没有对自己说过什么重话，永远都是那副游刃有余的温和模样，三言两语，简单安抚，便叫自己重新冷静下来。

可以说，两人这段关系，从始至终，都由段沉把控着，自己只是盲从而已。

不过，他比自己大了那么多，经历又丰富。

或许，这样也很正常？

不可控地，岑蝶又想到了姜挽倪那几句话。

她抿了抿唇，伸手，拉开最后一格抽屉。

抽屉里有个盒子，里头装了一枚蝴蝶胸针。

盒子下面，还压着名片。名片上两行楷体字，是段沉的名字和手机号。设计看起来简洁大方，又透着一股清冷和冷淡的意味。

岑蝶低着头，没有去将东西拿出来，只是静静凝望。

停顿良久，手机在桌面轻轻响了一下，将她的思绪打断。

岑蝶合上抽屉，坐直身体，解锁手机屏幕。

Duan：小蝴蝶明天晚上有时间吗？

Duan：两个小时，一起吃个饭。

岑蝶脸上漾出笑意，也顾不上再胡思乱想什么。

她没急着回复，先看了下小作业进度。确定自己今晚稍微熬一会儿，差不多就能弄完，这才往输入框里敲字。

岑蝶：好呀。

岑蝶：有时间的！

Duan：明天见。

第二天下午没课。

岑蝶去图书馆，先把分组作业收尾，提交到小组群文件里，再刷了一套四级真题。

傍晚，六点出头，段沉打来电话。

她立马收拾好东西，奔下楼去。

C 大图书馆很大，馆前有一条林荫小道。这个季节，还没到枝繁叶茂时节，视线也没有阻碍。

只一眼望去，就能看到一辆车，上头挂着熟悉的车牌号，正停靠在路边。像是蛰伏的野兽，安静等待着来人。

岑蝶笑起来，脚步不由得越发加快。

拉开车门，段沉正坐在后面看平板电脑。

听到动静，他放下平板电脑，朝岑蝶伸出手：“小蝴蝶，来。”

岑蝶乖乖坐进他的怀中。

岑蝶：“今天你不忙吗？”

段沉挑了挑眉：“哪有小蝴蝶忙，连周末都没时间见面呢。”

“因为前面两周有个分组作业，其他组员都只有周末才有时间讨论……”

岑蝶抿了抿唇，小声同他解释。

段沉笑道："现在才大一，小蝴蝶就这么努力，后面三年岂不是更加见不着人影了？"

岑蝶连忙摇头否认，却又不知道该说什么才好，表情有些怔忪，脸颊渐渐泛出红晕。

从岑忠借高利贷那年开始，她就知道，读书、考离海市，是她改变人生的唯一出路。否则，她大抵要一辈子困在原生家庭的泥沼之中，难以抽身。

所以，努力学习已经成为岑蝶的本能，哪怕顺利进入C大，来到京市，摆脱噩梦，这个习惯一时也无法改变。

顿了顿，岑蝶才说："第一次做这种作业，速度比较慢，以后就快了。肯定不会耽误我们见面的。"

毕竟，她也很想见到他。

真的很想很想。

每时每刻，每做一件事，都会想起他。

段沉一愣，继而大笑出声。

"小蝴蝶真是可爱。"他摸摸她的脑袋，不明所以地夸奖了一句。

岑蝶读不出他话中的深意，干脆放弃多想，仰起头，亲了下他的唇角。

段沉垂下眸，兴味盎然："小蝴蝶现在都会用美人计了。"

"那……对你管用吗？"

"当然。"

挡板升起，后车厢变成密闭空间。

浅吻也变成深吻。

待轿车抵达目的地，段沉的模样依旧清冷，眉目间依稀透露着餍足之色。

“小蝴蝶好了吗？”他问。

岑蝶脸红得不成样，手指颤颤巍巍发抖，嘴唇也又红又肿，整个人看起来像是被欺负惨了。

裙子拉链怎么都拉不上，难免叫人心生焦躁。她气鼓鼓地敲了段沉一拳，软声抱怨道：“……你还好意思问！”

段沉低低笑了一声，侧过身，伸手帮她拉上拉链，再从上到下整理一番，连佛珠手串都仔细整理得妥帖，务必叫她不露丝毫端倪。

“好了。下车吧。”

说完，他长腿一迈，率先跨下车，再绕一圈，绅士地替岑蝶拉开车门。

门前是一家餐厅。

岑蝶被他牵着，一路走进去。

外头，天已经彻底黑下来。本该是饭点时间，但餐厅里除了侍者，一桌客人都没有。

“怎么没有人啊？”

段沉笑了笑，轻描淡写：“包场了。”

岑蝶一惊，略有些诧异地望向他：“为什么？”

两人经常在外吃饭，从各种昂贵的私房菜馆到亲民的连锁店，什么都尝试过。段沉虽然高门出身，却也没像小说里那样，排场很大，非得处处包场，铺张浪费。

这还是第一次。

段沉没说话，只牵着她走到窗边的景观位。

两人落座。

侍者上了前菜和酒水。

岑蝶被折腾了一通，确实也觉得有些饿，自然不再追根溯源，只当他公子哥儿毛病发作。

她拿起刀叉，自顾自地低下头，开始吃东西。

前菜是吞拿鱼塔塔和两只生蚝，佐以柠檬茴香泡。

岑蝶吃不太惯，蹙了蹙眉，只能勉强吞下去。

而后，侍者上来收掉盘子，换了份餐具，又端了一份龙虾汤上来。

汤热气腾腾，看起来十分鲜美。

岑蝶拿起勺子。

下一秒，段沉在对面轻笑出声。

“呵……看来小蝴蝶是真的忘了呢。”

岑蝶动作停顿，眨了眨眼，抬眸：“啊？”

段沉：“今天是什么日子，完全不记得了？”

他这么暗示，岑蝶自是了然，径直笑起来，点头：“是我的生日，对吗？”

她从来没提起过，便以为段沉不知道。

况且，岑蝶自己也不过生日。

家里是那种情况，父母都不在意女儿的生日，还有谁会记着？

渐渐地，她也开始不再期待什么仪式感。

没想到段沉会特意带她出来。

岑蝶抿了抿唇，脸上欣喜，藏都藏不住，问：“是为我过生日才包场的吗？”

段沉挑眉：“不然呢。”

岑蝶：“段沉，谢谢你。”

“别急着谢，礼物还没送呢。”说完，他低下头，按亮手机屏幕，看了眼时间，“再稍等一下。”

片刻后，时钟数字跳到二十点整。

“嘭！”

窗外传来一声巨响。

岑蝶循声望去。

夜空中，一朵绚烂的烟花爆开，照亮了暗色。

她愕然瞪大了双眼。

接着，猝不及防之中，“砰砰砰”一声连一声，更多的烟花冉冉升起，在最高处绽放。五光十色，各种样式，连绵不绝，仿佛要将夜色撕裂出一道口子来。

岑蝶骤然站起身，扑到落地玻璃窗边。

“小心点。”

身后，段沉温声提醒道。

岑蝶“嗯”了一声，扭过头，静静欣赏了会儿。

本以为不过几朵，没想到，这一放，竟然整整十分钟都没有停下。且，烟花秀丝毫没有结束的趋势。

桌上，汤已经凉了。

段沉喊来侍者，重新给她上一碗新的。

“小蝴蝶，先过来吃东西吧。会放到十点，坐下来慢慢欣赏也来得及。”

闻言，岑蝶坐回位置上，朝侍者歉意地笑了笑，这才出声问段沉道：“这是礼物吗？”

“嗯。喜欢吗？比你小时候看的那种呢？”

“喜欢。特别喜欢。”

岑蝶重重点头。

段沉淡然说：“喜欢就好。”

然而，平静下来之后，她还是觉得有些奇怪。

京市和海市一样，是全城禁烟的。这里是市区，怎么可以随便放烟花呢？

她将心中疑惑问出来。

段沉笑了笑，沉吟数秒，垂下眼，似乎是在思考应该如何回答这个问题。

“在距离市区最近的非禁烟区放烟花，站在这里刚好能看到。很完整，不是吗？”说完，他笑起来。

这是岑蝶未曾踏足过的领域。

如今，段沉为她掀开了其中瑰丽的一角。

…………

两小时生日烟花秀，堪称轰轰烈烈，轰动全城。

岑蝶回到学校，还能听到同学们三三两两在讨论这件事，甚至，连寝室里都在兴奋议论，转着各种小视频。

毕竟，京市是真的很多年没有放过烟花了。

但神奇的是，网上竟然没有掀起丝毫风波。

岑蝶感受到了这份用心。

这对段沉来说，或许只是抬抬手的小事，微不足道，但对她来说，这种感觉比烟花更绚烂。

可是，偏偏，岑蝶心底有一道声音时不时在提醒她，自己正身处危楼之上，摇摇欲坠，没什么值得沾沾自喜。

或许，妙妙也曾经享受过这种特别。

抑或许，等段沉受不了她之后，她也会变成下一个姜挽倪。

无法避免，岑蝶被矛盾感撕扯着，像是行走在迷宫之中，跌跌撞撞，找不到正确出路。

她只能清醒着沉沦。

只能一路下坠。

时间进入五月。

春光如海，驱散最后一丝冬末寒意，悄悄席卷这座古老肃穆的城市每个角落。

岑蝶在一场讲座上碰到顾庭山。

C大学术氛围浓厚，经常会有各类学生活动，例如模拟赛、知识竞赛、演讲之类，不胜枚举。

这回，也不知道是不是临近新一轮招生，为了打响名头，国关院领导竟然请来一位大牛，给本专业学生做讲座。

之前，岑蝶只在教材上和新闻上见过这位的名字。有这种机会，自然要早早前去，占个前排座位。

距离讲座开始还有十五分钟，报告厅熙熙攘攘，人满为患。

岑蝶一抬头，恰好瞧见顾庭山一身正装打扮，从侧门走进来。整个人看起来衣冠楚楚，带着几分与旁人格格不入的矜贵之气，和段沉很是相似，再没有往日那般嬉皮笑脸、纨绔不羁的模样。

副院长在旁作陪，还有另外几个院系领导。

一行人在报告厅第一排坐下。

这场面，叫岑蝶不由得怔了怔。

顾庭山侧过身，与副校长说话，余光扫到后面几排，终于发现了岑蝶。

刹那间，他眉眼舒展开来，又笑着朝岑蝶微微颔首，算作招呼。

副院长跟着回过头。

岑蝶讷讷，颇感不知所措，也只能礼貌地回以一个浅笑。而后，她赶紧低下头，避开前排那些领导的好奇目光。

不多时，讲座开始，报告厅安静下来。

岑蝶逼迫自己集中注意力，投入其中。一个半小时很快过去，仿佛眨眼之间，感受不到时间流逝的速度。

第一排，顾庭山站起身，回过头，笑着朝岑蝶小幅度招招手。

两人在报告厅外见面。

顾庭山笑眯眯的，语气有些轻佻：“我来之前就在想，小蝴蝶在C大上学，又是这个专业的，说不定会碰上呢。看来我们还挺有缘分的哦。”

岑蝶无语凝噎。

半天，她清了清嗓子，低声问道：“你怎么会来？”

还是和这么多领导在一起。

他今天到底是什么身份？

顾庭山：“啊，我是给堂叔当司机来的，顺路，顺路而已。不是还能顺便来看看小蝴蝶嘛。”

“堂叔？”岑蝶不解。

“就刚刚开讲座那位咯。”

岑蝶呆呆的。

顾庭山耸耸肩：“小蝴蝶干吗这副表情？很惊讶吗？段沉没告诉过你？啊呀，不要这样看着我啦……这样，小蝴蝶后面有事吗？没事的话，请我吃饭吧，我还是第一次来C大呢，东道主还不得表示表示。”

岑蝶：“你不是当司机吗？不和他们一起？”

“不用管，堂叔有自己的应酬。”说着，顾庭山一把揽过岑蝶的肩膀，亲亲热热地拉着她转过身，往楼梯方向大步走去。

正是饭点，校园里人来人往，好不热闹。

顺着人流，岑蝶领着顾庭山去中央食堂。

两人衣着风格过于悬殊，颜值也十分亮眼，一路上，受到了不少注视的目光。

岑蝶有些不安，垂下眼，将书包往肩上背了背，试图寻找几分安全感。

顾庭山倒是坦然，走在她旁边，夏装外套随意地拿在手上，晃晃悠悠，怡然自得。偶尔看到漂亮女生，他还要冲人家挑眉笑笑，招猫逗狗似的，小动作停不下来。

岑蝶哑然。

顾庭山："小蝴蝶，你们学校男女生比例有点失调啊。"

"嗯。对。"

"那平时是不是会有很多男生追你？"

"……没有。"

感谢姜亦可的大嘴巴，还有之前军训时，学校公众号那番宣传，现在只要在专业里稍作打听，应该就知道她有男朋友。

顾庭山"啧"了一声，连连摇头："这不可能啊。现在的男生，真的太没眼光了……"

岑蝶没说话。

顾庭山自己感慨几句后，也收了声。

顿了顿，他又敛起那副玩世不恭的表情，语气严肃起来："说起来，段少爷家最近出了点事，小蝴蝶知道吗？"

岑蝶脚步一顿，诧异地扭过头去，问："我不知道。是什么事？”

她周末还和段沉在一起，没听段沉说起过啊。

顾庭山：“段家老爷子知道了段沉放烟花的事，把人带回去训斥了一顿。啧，这么丢脸的事，想必咱们小少爷，肯定不会告诉自己女朋友才对。”

岑蝶呆呆的。

“不过呢，因为这个事情，现在，老爷子也知道小蝴蝶的存在了。”

顾庭山摸了摸下巴：“我把这个秘密偷偷告诉小蝴蝶了，小蝴蝶呢？有什么想法吗？”

岑蝶抿着唇，眼睛却明亮如星，炯炯有神。她反问：“我应该有什么想法呢？”

“嗯？比如说……关于以后？”

岑蝶终于了然，抬起眼。

此刻，中央食堂已经近在眼前。

她朝着顾庭山微微笑了笑，开口：“顾庭山，你看过《杀死一只知更鸟》吗？”

顾庭山挑眉：“没有呢。”

岑蝶：“其实我也没有，但是我刷到过书里面的一句话。”

“是什么？”

“‘勇敢是：当你还未开始就已知道自己会输，可你依然要去做，而且无论如何都要把它坚持到底。你很少能赢，但有时也会。’”

顾庭山蹙起眉，轻声重复了一遍："很少能赢，但有时也会……吗？那，我只能祝福小蝴蝶啦。"

六月底，暑假开始。

岑蝶依样画葫芦，用"学校有暑假研修以及兼职"这两个借口，人留在京市，没有回去。

这回，张晴终于生起了几分疑心，在电话里追问许久。

不过，因为岑蝶说，兼职工资会拿一半给她，大约有两千块，张晴便立刻松了口。像是生怕她反悔，她随便用几句做结束词，当即笑吟吟地挂断了电话。

岑蝶放下手机，又长叹一口气。

段沉在旁边处理工作，听到她叹息，慢条斯理地随口问道："小蝴蝶在叹什么气？"

"没什么。"

"真的？需要我帮忙解决吗？"

岑蝶抿了抿唇。

解决？

该如何解决呢？

给张晴钱？

可是，打麻将就是个无底洞，无论给她多少，用不了多久，都会输在麻将桌上。

偏偏，这又是她的妈妈。她可以远走高飞，眼不见为净、不受干扰，却无法当这个人不存在于这个世界上。

岑蝶迟迟没有应声。

段沉抬起头，睨她一眼：“嗯？”

岑蝶与他对上视线。

许是因为在看电脑屏幕，段沉戴了一副眼镜，将眉眼遮掩半分。再加上穿着舒适柔软的家居服，整个人气质显得温润如玉，平易近人，少了点高不可攀的意味。

这副模样，岑蝶已经见过无数次，却还是会不小心被诱惑到。

她耳尖开始发烫，清了清嗓子，赶紧挪开视线。停顿半秒，她才低声作答：“真没什么，就是我妈的电话，每次听她说话，都让人觉得不高兴……我这种想法是不是很不好？”

段沉没说话，只放下笔记本电脑，摘掉眼镜，朝她勾勾手。

岑蝶依言靠过去。

下一秒，人已经被他抱到腿上坐好。

段沉摸了摸她脸颊，温声说：“没有，小蝴蝶很好。是他们不好。”

话音落下，霎时间，心脏仿佛彻底柔软下来。岑蝶眼圈红了一下，立马窝进段沉怀中。

客厅里，空调冷风簌簌地吹，吹散暑气，将室温打得凉快又惬意。

哪怕两个人抱在一起，身体温度相贴，也不会觉得难受。

然而，正是这种亲密无间的感觉，令岑蝶失去了分寸，话没有过脑子，絮絮叨叨，兀自宣泄出来。

“我小时候经常会想，家家有本难念的经，是不是因为我对他们太苛求了，才会觉得自己尤为痛苦。会不会，其实别人家也有无法言说的痛苦呢？

“可是，他杀人潜逃之后，我就知道了，无论我把要求放到多低，我的父母都算不上合格的父母。

“这句话不该由做孩子的来说……我知道。所以我从来没有说出口过。

“段沉，为什么只有我这么痛苦呢？”

岑蝶闭上眼，将脑袋埋在他胸口，闷闷地问：“……你呢？你家是什么样的？”

闻言，段沉身体僵硬半秒。

岑蝶骤然清醒过来，“唰”地坐直身体，拼命摆手：“抱歉，我不是想打听什么……”

见状，反倒是段沉低低笑起来。

他抓住了小朋友胡乱挥舞的手，握入自己掌心，攥紧。

“小蝴蝶对我家里的情况好奇吗？嗯？想不想知道？”

……当然想。

可是，岑蝶觉得，不知道可能会让她更加有勇气，去一往无前。

知道得越多，想得就会越多，好像会越发不幸。

沉默良久，她垂下眼，没忍住开口问了个与刚刚话题完全无关的问题：“段沉，我们会一直在一起吗？”

段沉沉默许久，最终，还是没有回答。

这个问题，或许对任何人来说，都确实有些难以作答。

毕竟，比起“是不是喜欢我”这种具有时效性的问题来说，未来实在有太多未知数。依照现在的情形，一切都无法确定。

若是他毫不犹疑地回答“会的”，才显得不够真诚，缺少了些可信度。

他可以确定，他喜欢她，非常喜欢，喜欢到已经开始放任自己沉溺下去，却依旧无法说出“永远”来。

更何况，段沉也如他自己所说那样，从来没有骗过她，也不屑于用一些好听的谎言应付敷衍。

这种一次次试探，同样，叫她觉得筋疲力尽。

岑蝶并不死缠烂打，若无其事地笑了一声：“……好热，突然好想喝冰可乐啊。”

段沉摸摸她的头发，好似在安抚。

他说：“冰箱里有。”

岑蝶便顺势脱离他的怀抱，站起身，趿着拖鞋，啪嗒啪嗒地往厨房走去。

等她端着两杯可乐回来，段沉已然重新戴上眼镜，注意力回到电脑屏幕。

岑蝶没去打扰他，只轻手轻脚地放下玻璃杯。

正欲转身离开，倏地，又被段沉出声截断了动作：“五月份的时候，小蝴蝶是不是去听顾庭山他堂叔的讲座了？”

他随口问了一句，视线却没有分给她，似乎只是不走心的闲聊。

岑蝶点点头，心里“咯噔”一下，想到他看不见，顿了顿，又“嗯”了一声。

段沉：“听完有什么想法吗？”

“什么什么想法？”

“唔……深造啊，就业方向之类？”段沉挑了挑眉，语气淡然，“要不要再约着一起吃个饭，让顾庭山的堂叔指点指点我们小蝴蝶呢？”

他说得浑不在意，但岑蝶已经习以为常，也不会再觉得惊讶。

她握紧杯壁，重新在段沉旁边坐下，想了想，摇头：“算了，不要用这些小事打扰那位老师了吧。”

段沉笑了一下：“听你的。”

“但是你为什么突然问这个？”

“没什么，想着小蝴蝶开学就大二了，要是有什么计划的话，我可以帮小蝴蝶提前安排好呀。”

闻言，岑蝶抿了抿唇，垂下眼，忍不住嘟囔：“段沉，你这样真像我叔叔。”

段沉表情明显一滞，继而，又缓缓舒展开来，露出愉悦的弧度。

“没办法，谁让我比小蝴蝶大这么多呢，自然得照顾好你。”

岑蝶未作声。

“不过，‘段叔叔’这个称呼还蛮好听的。今晚可以试试。”

霎时间，岑蝶整张脸变得通红，几近弥漫到脖子。

她猝然站起身，打算离开，到半途，又转过头，眸间含水，没什么杀伤力地瞪了段沉一眼：“……不跟你说了。”

身后，段沉还在轻笑。

直到岑蝶走到走廊，打算转进卧室前，终于，听到段沉的声音。

遥遥地，他再次开口："以后，一直都会喜欢小蝴蝶。好不好？"

横跨整个客厅和狭长走道，声波传过来时，已经几不可闻，总让人疑心是不是幻觉。

岑蝶没有出去确认，只是反手合上房门，吸吸鼻子，悄悄红了眼圈。

八月，京市酷热难当。

每天除了闷在空调房间里，去哪里都觉得晒，人也没精神。

见岑蝶精神不济，段沉干脆抽出时间来，带她去欧洲玩了一圈。

这是岑蝶第一次出国。

准确来说，这是她第一次坐飞机。

她很想让自己表现得不那么没见识，但到底还只是个不到二十岁的小朋友，哪怕段沉在旁边，也潜藏不住内心的雀跃。

段沉看了，总觉得好笑，顿时，觉得自己也被岑蝶带得开始期待起来。

大抵便是毫不掩饰的天真最动人。

两人在一起这么久，段沉都没有起什么厌烦腻味之心。只要看到岑蝶亮晶晶的眼神，他就会忍不住心软，看她高兴，也会生出几分满足感来。

他的蝴蝶就是有这种魔力，总叫人日渐上瘾。

这般想着，段沉轻咳一声，朝岑蝶招招手，示意她到自己旁边来。

“有这么激动吗？”

岑蝶用力点头：“嗯！”

段沉摸了摸她的头发，牵起唇角，顺手将她搂进怀中。

头等舱座位宽敞，但对两个人来说，还是略显拥挤了些。

但幸好，隐蔽性还算强。

狭小空间里，两人紧紧相拥，亲密无间，宛如一体。

没有人会看见。

旅途第五天，段沉接到一个电话。

彼时，岑蝶正趴在阳台上，等着段沉给她拍照。

两人住在伊姆斯特的山间小木屋里，推开阳台门，入目处，便是阿尔卑斯雪山。

苍山负雪，明烛天南，连绵不绝。

无须任何修饰，画面美得像是世外仙境。

岑蝶是南方人，自然没见过雪山。第一次来到这种地方，哪怕昨天入住时已经兴奋过一回，等睡醒睁开眼，呼吸过山间新鲜空气后，还是忍不住再次欢呼雀跃起来。

见状，段沉手指夹着烟，静静欣赏了会儿，倏忽间，开口问道：“要不要给小蝴蝶拍几张照片？”

岑蝶回过头：“可以吗？”

“当然。”

段沉挑了下眉，另一只手从岑蝶那里接过她的手机，摆弄了会儿，再找角度。

不可否认，岑蝶长相实在优越。

说是“一眼大美女”，在人群中最出众亮眼，倒也不至于，只能说是脸小头小，五官清秀，加上人还瘦，组合得相当完美。

但是，她的容貌很经得起细看，单一双眼睛，就有种说不出的倔强清冷，顾盼生姿，显得整个人钟灵毓秀，十分生动。

哪怕是镜头下，这张脸也没什么死角。

好像无论哪个角度，都非常好看。

段沉明明只是心血来潮，随手拍了两张之后，却也提起了兴致，逐渐变得心甘情愿起来。

“小蝴蝶，笑一笑。”

岑蝶依言浅笑。

取景框里，雪光映着小朋友光滑白皙的脸颊，美好得像是一幅绝版油画。历经千山万水，只为他而出现在这个世界上。

段沉整个人微微顿住。

心脏仿佛被一只手轻轻抚弄过，连带着血液开始颤抖，变得灼热滚烫。

他直起身，盯着手机屏幕欣赏许久，而后，打开岑蝶的微信APP，将照片发给自己，再顺手删掉这条聊天记录。

“怎么了？是手机坏了吗？”

“……唔，没什么。”段沉回过神来，随口答了一句。

下一秒，另一只手机在桌上振动起来。并不是微信消息，而是连绵不绝的振动，好像是某种焦急催促。

“抱歉，先接个电话。”说完，段沉将手机还给岑蝶，往旁边挪了两步，拿起手机。

他没避着岑蝶，站在原地，径直接起。

“……嗯。”

“我知道了。”

只寥寥应和两三句话，通话便简单结束。

岑蝶还低着头在翻照片：“怎么了吗？”

在外面旅游这几天，没见段沉接过几次电话。

据段沉自己所说，既然是为了放松来的，就不该被纷乱琐事影响心情。如果不是急事，完全可以等他回国再说。

“嗯，是出了点事。”段沉摸了摸下巴，沉吟，“……姜挽倪她爸落马了。”

“落、落马？”

岑蝶陡然一惊，连忙抬起头，望向段沉。

段沉：“小蝴蝶为什么这么惊讶？你认识她家什么人吗？”

“啊，没有，就是觉得……”

觉得什么，她自己也说不出来。

可能是因为听到“落马”这个词，出于一种别样的敏锐度，让她意识到，上回姜挽倪纡尊降贵找上她，应该就是为此在奔走。所以，在被她拒绝之后，大抵是穷途末路，大小姐才会气急败坏，失态。

岑蝶怔怔地注视着段沉。

为什么姜挽倪的父亲出事，段沉会这么快就收到消息呢？

他或许确实是可以帮她家的……是这样吗？

段沉：“怎么这样看着我？”

岑蝶垂下眼，摇摇头。

“岑蝶，我不喜欢别人骗我。”他敛起表情，淡淡地说了一句，似是敲打。

不过片刻，岑蝶已经走到他面前，靠进他怀中。

她小声解释道：“没有，真的没有。是因为……她之前来找过我，说希望我能帮忙给你递话，我没有答应。所以……”

段沉没作声。

良久，他长叹一声，伸出手，摸了摸岑蝶的头发。

“抱歉，小蝴蝶，下次不会让你被这种无聊的事打扰了。”

岑蝶心念微动。

感动肯定有几分，但她又忍不住想，在段沉心里，自己只要乖乖的，做一只没有想法的蝴蝶，躺在他掌心，这样就够了，对吗？不需要担心任何事，只等他来安排好，等他将自己打造成他最喜欢的样子。

所以，如果不是她，是别人，好像也无妨。

霎时间，岑蝶被这个可怕的念头淹没了。

她整个人轻轻颤抖了一下。

段沉低下头，搂紧了她："怎么了？"

"没事……好像有点冷。"

"阳台上待得太久了吧。"

段沉笑了笑，伸手，轻轻刮了下她的脸颊："好了，收拾收拾，准备吃饭。多穿点，一会儿带你爬雪山去。"

岑蝶低低"嗯"了一声，松开他，低下头。

段沉则转过身，去浴室里洗澡。

然而，岑蝶却没有立刻动起来。

她只是搅着手指，呆呆地看着桌边。

桌上，放着段沉的钱包。黑色皮革底，静静地躺在那里。像是一道无声诱惑，引诱着她去反复确认一件事，去试图一次又一次地折磨自己。

里面会有两张名片吗？

和她在一起这么久，他还会在钱包里放两张名片吗？

"哗啦啦……"

浴室有水声响起。

终于，岑蝶回过神来，深吸一口气，咬着唇，迈开步子，走到桌边。

她拿起了段沉的钱包，下定决心，打开。

钱包里有不少卡。许是因为现在在国外，现金也放了一沓，以作备用。

原本，段沉也曾暗示过，要给她一张信用卡副卡，让她平时自己买点喜欢的东西。

岑蝶说用不上，干脆利落地直接拒绝了。

他知道她的心结，自然没有强求。

不管从什么角度来说，段沉这个男朋友都当得无可挑剔，面面俱到。说给旁人听，大抵会是人人羡慕。

偏偏，岑蝶陷得越来越深，心里想要得也越来越多。

……是她不知足。

这般想着，岑蝶眼睫飞快地颤了颤，动作开始变得犹豫不决。

然而，下一秒，余光滑过手腕，停留在腕间一串佛珠之上。

顷刻间，她心中升起万丈决心。她猛地深吸一口气，手指微动。指腹拂过钱包每一个夹层，划过所有硬质卡片。

没有。

什么都没有。

岑蝶微微瞪圆了眼睛，有些难以置信。

段沉出门怎么可能不带名片呢？

就算没有两张不同样式，至少也该带一张惯用的在身上吧。

难道放在保镖身上？

她无法说服自己，像是一个急于渴求真相的小孩，彻底忘记人类趋利避害的本能，蹲下身，将钱包翻来覆去地找了一遍，却依旧一无所获。

动作停顿许久，久到浴室水声减弱。

岑蝶终于醒悟过来，放下钱包，去翻段沉的裤子。

果然，长裤口袋里，还有一只名片夹。

这回，没时间再给她左右彷徨。名片夹掀开，两边就是两种样式的名片，连一点缓冲都没有。

其中就有曾经给她的那种。

两行楷体字，飒然又冷淡。除了名字和联系方式，什么都没写。

或许，正如姜挽倪说的那样，段沉并不需要收到名片的人再更深入了解他什么。

岑蝶的心情说不上是失落，抑或是松了口气。

她没再多看一眼，径直合上名片夹，轻轻地放回他裤袋内。

后面的旅程，岑蝶也没有心不在焉，依旧玩得尽兴。

到米兰，段沉给她买了一身名牌，还有七八个大牌包，全交给保镖拎着，准备等回国之后再给她带回去。

岑蝶靠在段沉怀里，看着那些纸袋，啼笑皆非："上学也不能背呀。"

"为什么不能？"

"影响不好……吧。"

段沉捏捏她的脸颊，忍俊不禁："没关系，不要考虑太多，小蝴蝶喜欢最重要。"

岑蝶抿了抿唇，垂下眼，不说话了。

她到底是习惯了谨小慎微，一点都不想被人注意到，成为别人茶余饭后的话题。但段沉出身高门，权势滔天，自然活得潇洒，裘马轻狂。

对他来说，一切现实，就如同普通人的虚妄想象，足以让人肆无忌惮，无所顾忌。

所以，哪怕他再刻意迁就她，在很多细节上，两人依旧无法第一时间达成共识，潜移默化也无法改变。

“小蝴蝶怎么了？不高兴了？”

“没有。”岑蝶摇摇头，嘴角露出清淡的笑意，“就是在想，出来玩这么久，回去上学可能就不习惯了。”

段沉：“那我们明年再来，好不好？或者再去其他地方旅行呢？”

“好呀，去哪里都可以。说定了啊，段沉，到时候你可别找理由说自己太忙，来不了了……不准骗我。”

闻言，段沉挑了挑眉，忍不住逗她：“万一真的骗你呢？小蝴蝶打算怎么办？”

“骗我……”

又能有什么办法呢？

她是一个笨蛋，飞蛾扑火也要奔向他，伤痕累累也在所不惜。

就算被欺骗、被背叛，也誓要在这场迷局里画地为牢，永世不得超生。

思及此，岑蝶轻轻叹了口气，小声说：“骗我的话，那也没办法，只能不来了呀。”

段沉没有说话。

“谁让我这么喜欢你。”

02

八月底，两人回到京市。

休息不了几天，C 大即将开学。

按照约定，岑蝶转了两千块给张晴。

这个暑假她虽然没有去兼职，但因为之前一年都在做校内兼职，周末放假还都和段沉在一起，平时在校又花不了多少钱，便成功攒了下来。

而且，开学之后，应该马上会发大一的奖学金。到时候，手头应该会更加宽裕才是。

在 C 大这种顶级双一流学校，岑蝶算不得太聪明那类学生，但因为学习努力，绩点成绩还是相当高。就算没有学生会和实践那些额外加分，也足够进入校级奖学金名单。

她想着，学校资金充足，奖学金最低档也不少，可以给段沉买一份礼物。

送什么好呢？

他会喜欢什么？

岑蝶不自觉陷入深思。

身侧，段沉见她走神，出声：“小蝴蝶在想什么？”

岑蝶一惊，连忙摆手，掩饰般飞快答道：“没……在想奖学金的事情。”

段沉扬了扬眉：“奖学金？”

“嗯。应该能拿个三等奖。”

"我的小蝴蝶这么优秀啊。啧。多少钱？作为奖励，'段叔叔'给你发三倍的红包。"

自从那日，两人就"段叔叔"这个梗讨论过后，段沉经常会拿出来戏谑自称。哪怕声音戛玉敲冰一样好听，但也难免让人疑心，是不是有勾引之意。

再加上他语气揶揄调侃，似乎非要逗得她恼羞成怒，才肯罢休。

岑蝶不想满足他这点恶趣味，干脆弯下腰，半个身子趴到他腿上。

这样，段沉就看不到她脸上的表情。

顿了顿，岑蝶小声说："还不知道，应该就两三千吧。"

说话时，她脑袋偏转半分，头发就顺着那点细微动作一同微微摆动，看起来如绸缎一样柔顺。

段沉喉间发痒，轻咳一声，再伸出手，五指插进她发丝间，轻轻抚摸着，像是抚着一只小猫咪。

他调侃道："这么少？"

岑蝶嘟了嘟嘴，不理他了。

比起海市来说，京市算得上四季分明，但秋天却弥足短暂。

第一阵秋风吹黄落叶，昭示着又到了这个瑟瑟凄凉的季节。只要略一眨眼，就将错过今年的秋。

段沉同岑蝶说，趁着国庆假期，天还没凉透，要带她出海去海钓。

因此，掰着手指头期待，日子便过得飞快。

赶在假期前，C 大公示了上学年各类级别奖学金获奖情况。

岑蝶的名字赫然在列。

她心满意足，收拾了行李，欢欢喜喜地离校去找段沉。

京市不临海。

30 号晚上，两人登上私人飞机，出发。

行程大约一个小时，落地就是临海。

“哇——”

岑蝶闭上眼，做了个深呼吸。

见状，段沉笑起来：“小蝴蝶不是海市人吗？还能这么高兴？”

岑蝶摇头：“因为这里空气好呀。”

而且，是和段沉在一起。

有这一前提，过往那十九年的人生，都像是失去了璀璨色彩，变得黯淡无光起来。

他就像一轮圆月，为她的黑暗镀上流光溢彩。

两人正说着话，倏地，手机在口袋里响动起来。

岑蝶动作顿了顿，顺手拿出来。

屏幕显示是来自姜亦可的语音通话。

恰好，他们已经走到别墅门口。

保镖在往里面拿行李。

段沉则是冲她比了个手势，示意自己先进去，留岑蝶一个人在门外接电话。

“喂？”

姜亦可：“岑蝶？天哪，你怎么这么久都不看微信！”

岑蝶垂下眼，轻声解释：“刚刚在飞机上……”

姜亦可声音万分急迫：“哎呀，先别管这么多了，你赶紧去看我发给你的链接！”

“好。”她不明所以地应声点头。

语音通话切断。

岑蝶返回微信聊天界面，点开了姜亦可半个小时前发来的那条链接。

链接地址是校内公共论坛。

页面跳转，一条帖子瞬间映入眼帘。

△我们学校的奖学金是只按照分数绩点排吗？

没头没脑的一句话，底下自然都是吐槽。

△那不然呢？又不是国奖，这么几个钱，还要啥自行车。

△咋了，拿奖学金还要政审吗？

△你想举报谁，直接说不行吗？别在论坛里当谜语人啊。

…………

而后，那个帖主没说话，直接贴出了一条新闻。

△海市追债杀人案——嫌犯岑某某……

岑蝶瞳孔骤然一缩。

“啪嗒！”

手机脱手，垂直摔落到地上。

不多时，视野前方出现一道阴影。

大概是因为岑蝶迟迟没有进去，耽搁太久，惹得段沉踩着拖鞋走出来找她。

“小蝴蝶？怎么了？”他问了一声，顺手又帮她把手机捡起来。

岑蝶回过神来，抬眼看向他。

四目相对的那一刻，她抿起唇，眼圈一下子红了。

段沉讶然：“啧，怎么还哭了呢？”

岑蝶扑进他怀里，闷着头，妄图从这个温暖宽阔的怀抱里汲取力量。

“他们知道了……”

“知道什么？”

“我爸的事情。”

平心而论，岑蝶自认这几年已经习惯了流言蜚语，逐渐变得百毒不侵。但在京市这一年过得太悠闲轻松，又有人可以依靠，让她逐渐脱下盔甲，忘记昔日那些刀光剑影。

情景乍然再现，她变得脆弱起来。

“怎么办？段沉，怎么办……”

岑蝶轻声喃喃，声音里有些许潮气。

段沉拍了拍她肩膀，将她拥得紧了些：“小蝴蝶别哭。”

他拿着她的手机，眯起眼，手指在屏幕上随意划拉了两下，了解详情。

“嗯？包养？这个表述可不太好听。我不喜欢。”

段沉语气不紧不慢，说不清是天性薄凉还是处乱不惊，总归显得淡然，一如往常，和岑蝶的慌乱无措形成鲜明对比。

他沉吟半秒，提议道：“等我找个人去删帖。好不好？或者帮小蝴蝶转校？或者，要不要再教训一下这几个多嘴的小朋友呢？”

海风徐徐，夜凉如水。

岑蝶眼睫颤了颤，嘴唇微微翕动，却不知道该说什么才好。

明明段沉立刻提出了解决方法，简单且粗暴，但对她而言，心底总觉得好像有点不对劲。

不是这样的。

不该是这样的。

她到底想要什么？

难道，是想要段沉走到她的立场、她的世界，为她设身处地地想吗？

岑蝶用力甩了甩脑袋，赶紧将这种不切实际的痴心妄想摒弃。

段沉：“嗯？不想这样吗？”

她闷声答道：“不想这么麻烦……我又没做错什么。段沉，你安慰安慰我就好。”

段沉尚未来得及说话，下一秒，一道声音从两人身后响起。

“安慰什么？”

岑蝶一愣，循声望去。

顾庭山正不急不缓地从别墅里走出来，一如既往的笑意盎然：“等你俩半天了，怎么搁这儿亲热呢？也不嫌冷。”

有外人在，岑蝶脸颊“唰”地烧起来，顿时也把刚刚那件事抛到脑后，立马将脸重新埋回段沉的胸膛。

段沉拍拍她的后脑勺，对顾庭山说：“马上就来。”

顾庭山不肯走，调侃般上下打量着两人：“说什么悄悄话呀，让我也听听呗。小蝴蝶，别那么小气嘛。”

岑蝶还是不说话，指尖揪紧了段沉的衣服。

段沉：“行了，别瞎凑热闹了。”

顾庭山耸耸肩，转身离开。

但被他这么一打断，好似也失了刚刚那种悲伤气氛。岑蝶擦了擦眼角，抿唇，嗫嚅：“……我们先进去吧。”

“好。”段沉笑了一声，把手机还给她，又屈起手指，轻轻敲了下她额头，“晚点再好好安慰你。”

两人走进别墅，再绕过玄关。

顾庭山正坐在沙发上看电影。

听到脚步声后，他抬起头，朝岑蝶招招手：“小蝴蝶，晚上好啊。”

“……晚上好。”

顾庭山：“想吃什么夜宵，去找阿姨讲。专门等着你们来呢。”

岑蝶看了段沉一眼，小声道谢，而后，又同他示意自己要先进去洗漱。

脸上挂了泪渍，皮肤也有些紧绷，想必不会太好看。既然顾庭山在这里，她也不好这么乱七八糟见人。

段沉摆摆手：“去吧。”

岑蝶跟着阿姨上楼。

段沉则是走到另一侧沙发边，坐下，点了支烟。

烟雾氤氲，模糊了男人英俊的眉眼。

顾庭山没有看他，眼神还停留在投影屏幕上，开口：“姜叔后来有去找过你家老爷子吗？”

“嗯。”

“老爷子怎么说？”

“没什么说法，老爷子退了这么些年，做不得主。”

顾庭山笑起来，叹气道：“这种场面话，姜叔也被应付过去了？”

段沉垂眼：“他自己也知道，查都查出来了，这么大的事情，谁都保不下来。他找老爷子，是想求老爷子帮忙看顾他家几个小的。”

“然后呢？”

“没然后。”

顾庭山了然，点点头，不再多问。

顿了顿，他猛地想起什么，又状似无意地问道：“你俩弄出事了？”

“什么事？”

“你和蝴蝶啊。”

刚刚门口那场景，看起来确实很有那种意味，只要稍作联想，很难不叫人想到那方面。

段沉一只手夹着烟，另一只手从沙发上抄起抱枕，顺手往顾庭山那边扔过去。

“别瞎说。”

顾庭山笑起来：“啧，段少爷，人小蝴蝶才刚……大二吧？你可悠着点。万一出事，可就不好玩了。一大堆麻烦事儿呢。”

段沉没说话。

别墅偌大客厅里，气氛沉寂下来。

片刻后，段沉“嗯”了一声。

“不会的。”他低声说。

楼梯转角处，岑蝶悄然驻足，随着这句话，心也跟着往下沉了沉。

她没有再继续听，只是转过身，轻手轻脚地折返。

自然，也错过了段沉最后一句话。

“如果……也没什么关系。”

顾庭山愕然瞪大双眼：“不是吧，段沉，你玩真的？”

段沉仰起头，合上眼，叹息般说：“总归不会亏待小蝴蝶的。”

至于有没有那点凭证，事实上，一张纸也约束不了什么。

说到底，不过端看他的心思罢了。

况且，煎水作冰这种事，他没什么兴趣。

权衡利弊，当然不如选择一条更加稳健的路。

岑蝶独自回到卧室。

因为刚刚发生了太多事，身心俱疲，一时间，她也不知道该做些什么，干脆趴到床上，开始默默发呆。

手机再次响起，岑蝶也没仔细看，顺手接起来："喂……"

姜亦可："看了吗看了吗？"

听到熟悉的声音，岑蝶终于回过神来，坐直身体，闷闷地"嗯"了一声。

"你怎么说？"

"还能怎么说，随便他们说吧。没关系。"

有关系也得没关系。

归根结底，她又改变不了什么。

电话那端，姜亦可的声音听起来比岑蝶这个当事人还要焦急："什么没关系呀，岑蝶，咱们学校对学生行为规范要求很严格啦，刚刚辅导员已经给我打电话了，问我你的情况，我都不知道该说什么才好。"

岑蝶抿了抿唇，恍然顿悟。

原来不是因为岑忠的事。

怪不得，刚刚段沉说什么"包养"不好听。

应该是她没往下翻，压根没注意到后面引申出来的那些讨论。

可是，段沉本来就是她男朋友，有什么见不得人的呢？

只是因为他年龄虚长几岁、开豪车出入，而自己出身微末，家庭成员不堪为外人道，显得不那么搭，所以就必然要被如此恶意揣测吗？

岑蝶：“你直接说就行。不好意思啊，给你添麻烦了。”

简单说了几句，语音挂断。

岑蝶重新点开校内论坛界面。

果然，那个帖子里，关于岑忠杀人犯的讨论压根没几层，只是寥寥感慨几句“以后她就业难了”“不能当公务员”之类，便没了下文。

再然后，有人发了之前段沉被偷拍的那张照片。

时隔许久，真相被揭秘。

词汇逐渐变得难听，喧嚣而上。

毕竟，段沉看起来十足矜贵，气质并非凡人，与“名校贫穷女大学生”挂钩，很难不叫人多想。

众口铄金，积毁销骨。

岑蝶点开回复框，在帖子里编辑了一大段话。手指在“发送”键上游移良久，最终，还是一个字一个字删掉。

她丢开手机，重新趴到床上，将脸埋进枕头里。

次日是个晴天。海边云层厚，阳光躲在后面，若有似无。

不晒，吹着风也不冷，刚刚好。

段沉带岑蝶上了顾庭山的游轮。

同行还有另外几个人，有男有女，应该是段沉和顾庭山认识的朋友，但看起来都很好相处，不是姜挽倪那样盛气凌人的少爷小姐脾气。

一行年轻人在一起说说笑笑，好不热闹。

许是因为阳光作祟，游轮也没有纸醉金迷的感觉。

岑蝶不会钓鱼，连钓竿都是第一次摸，干脆安安静静跟在段沉身边，做个漂亮装饰。

倒不是旁人忽略她，只是那些话题，她根本插不上话，加上性格使然，人看起来不够大方，还有些心不在焉。

段沉："小蝴蝶心情不好？"

岑蝶打起精神，目光从海面转回身侧，摇头："没有……可能是没睡好。"

昨天，她迷迷糊糊，趴在床边就睡着了。

最后还是段沉推门发现之后，将她抱到床上。

此刻，说没睡好也算个完美借口。

段沉没有多想，牵了牵唇："今天有接到朋友的电话吗？"

"啊……"

岑蝶一愣："没有啊。怎么了吗？"

段沉："没什么，已经帮小蝴蝶解决好了。乖乖，别不高兴了，知道吗？"

日光中，男人眼里有种淡漠薄凉的温柔，烧得岑蝶烦乱内心一点点滚烫起来。

从海边回到京市，假期时间已经告罄。

学校论坛风平浪静，什么帖子、讨论，都如同投入湖水的石子，只溅起些许涟漪，便悄悄坠入湖底。

段沉又像上次那样，悄无声息地将事情解决。

虽然不知道用了什么方法，但岑蝶大概也能猜出一点。

转眼，北风呼啸。

时间悄然流逝，竟然又至一年年底。

十二月，学院发了新通知，是关于大三交换生申请的流程安排。

姜亦可："岑蝶，你打算申请吗？好像这个有成绩要求。"

岑蝶摇摇头。

C大交换生只免除学费和住宿费，到国外生活费还得自理，她承担不起。再者，本身她也没有留学计划，所以压根没把这件事放在心上。

寒假伊始，马上就到农历新年。

岑蝶去年就没回家，暑假也没回，这次不得不回去了。要不然，张晴估计得杀来京市找人。

在段沉家住了一周后，她拖拖拉拉地收拾了行李，回到海市。

好像从一场无尽的梦中坠落。

站到家门口前的那一刻，她回到了现实，步入了人间。

岑蝶深吸一口气，摸出钥匙，开门。

没想到，这个时间点，张晴竟然在家。见到岑蝶回来，她脸上也没有丝毫意外，依旧在煤气灶前淡定地挥舞着锅铲。

岑蝶有些难以置信，问道：“妈……你是在做菜吗？”

张晴：“不然呢？我在玩？”

实在太反常了。

张晴都多少年没下过厨了。

不知道为什么，岑蝶总有种不好的预感，眉头不由自主地蹙起，人矗在原地，迟迟没有动弹。

最后一步，收汁。

张晴关掉油烟机，将肉盛出来装盘，而后擦了擦手，转过身，看向自己的女儿。

在不知不觉中，女儿已经出落得那么漂亮，漂亮到足以吸引任何人的眼球。

两人四目相对。

张晴单刀直入地问：“岑蝶，你是在和有钱人谈恋爱吗？”

此话一出，岑蝶像是奓了毛的猫咪，整个人都开始戒备起来。

“……你什么意思？”她厉声问。

大概因为岑蝶没有否认，当即，张晴变得喜笑颜开，也没在意她语气中对长辈的不客气。

“哎呀，谈恋爱怎么也不和妈讲啦。你这孩子真是……你们谈了多久了？男生家里是做什么的？”说着，张晴走到岑蝶身边，似乎是想拉她的手，表示亲昵。

岑蝶不适地往旁边避了一下，接着，拧起眉：“你怎么知道的？”

张晴：“这还有什么不知道的，哪有小姑娘在外面上学两年不回家的。你妈也年轻过，是过来人。”

这会儿，倒想到要谆谆教导。

之前又在做什么呢？

岑蝶早已经习惯张晴作为“母亲”这个角色的失职，自认无法做到不计前嫌、菽水承欢。所以，张晴这种态度，反倒叫人多想，想她是不是又在打什么算盘。

要不然，为什么特地提到男朋友“有钱”呢？

实在显得不怀好意。

岑蝶：“……还是先吃饭吧。”

说完，她抿了抿唇，挪开目光，拖着行李箱，绕开张晴，快步往卧室走去。

傍晚六点多，家中总算收拾停当。

饭桌边，母女俩久违地对坐下来。

虽然很多年没有下厨，但张晴的厨艺没有丝毫退步。桌上都是家常菜，盘盘色香味俱全，就算是拿去外面饭店里和大厨比较，也不差多少。

岑蝶夹了一只虾仁放进嘴里。

称不上潸然泪下，但到底是心底涩然难止。

张晴可不管岑蝶这点矫情敏感的心思，喜滋滋地给她舀了一碗汤：“来，喝点汤。男朋友也是你们学校的吗？照片有吗？有钱的话，应该不是学生吧？啊呀，还是京市好，有钱人多得很呢。啧啧，看来去那边上学还是蛮好的……平时，他会给你出生活费吗？”

岑蝶不想回答，干脆抿起唇，只默默接过碗。

手一伸，佛珠串从袖管里滑了出来。

张晴又说：“你男朋友信佛啊？我记得你以前不爱戴这些东西的嘛……”

闻言，岑蝶条件反射地将手串塞回去，用袖子掩好。

和段沉在一起之后，她将所有自惭形秽的冲动悉数藏好，以求每一刻相处都能显得尽善尽美。

但此时，因为张晴穷追猛打的追问，到底是让岑蝶觉得跌落谷底。

他是那个世界里的王。

而自己，只是仰望苍穹的细小灰尘。

甚至，岑蝶都无法确证，如果两人一直往下走下去，单单张晴，就能让她变成一个小丑，变得痛不欲生。

知道段沉的存在后，张晴怎么可能不向他出手呢？

这样想来，便叫人难堪得鼻子发酸。

03

这个新年，岑蝶依旧是一个人度过。

大年夜那天晚上，家里架上麻将桌，几个亲戚和张晴坐在一起，稀里哗啦地开始摸牌，弄得整间屋子吵吵嚷嚷。

岑蝶草草吃过几口饭，拿起外套，悄无声息地避出家去。

老旧小区几乎家家户户亮了灯，加上墙板隔音效果不太好，偶尔还能听到里面传来碰杯声和闲聊声，烟火气十足。

路上倒是压根没有人。

安静和喧嚣在微妙的临界点两极分化，将腊月寒凉的空气劈成两半。

岑蝶漫无目的地走到小区健身器材区，再挑了个健骑机，坐下。

她摸出手机，点开各个软件，随意地刷着来自不同地方的除夕祝福，试图体会到那种阖家欢乐的氛围。

最后才是微信。

置顶是段沉。

毫无意外，对方还没有消息。

按照去年情况来看，大概在零点时，段沉会发来一个大红包，作为压岁钱。

岑蝶咬着唇，指腹停滞在屏幕上半寸，轻轻笑了一下。

不知道这会儿他在做什么呢？

应该是，和家人一起吃年夜饭？

他们的年夜饭是怎么样的？

应该也不能放烟花吧。

…………

脑海中，思绪无法抑制，描绘着种种画面和想象。

这一刻，她特别想听听段沉的声音。

冲动涌上大脑，不绝如缕，岑蝶甚至都没有多想半秒，手指已经抢先一步行动，拨通了对方的电话。

“嘟——嘟——嘟——”

那头，段沉接起电话：“小蝴蝶？”

听到熟悉的嗓音，岑蝶眼圈一热，差点哽咽出声。

“嗯……”

段沉：“怎么了？”

他背后的环境有点吵闹，断断续续，听不大清是在做什么。这般，衬得他的声音也变得不甚明晰，像是在天际，遥不可及似的。

岑蝶蓦地清醒过来，连忙掐住指尖，尽量平静地说：“没有，就是想你了。”

“这样啊。小蝴蝶没在家吗？”

这个问题不免叫人有些为难。岑蝶想了想，小声作答：“家里人多，我跑出来买东西了，马上就得回去。”

“外面冷吗？”

“还行。”

电话那端，男人低低笑了一声。

这一笑，倒是不经意透着几分醉意，可以想象到他醉玉颓山的模样。

段沉：“我这里还有点应酬。小蝴蝶早点回家。嗯？”

“好。”

岑蝶点点头。

挂断电话，她心中惶惶然，越发觉得自己在行一条歧路，誓要煎水作冰，不死不休。

初五，迈凯伦在老小区门口靠边停下。

岑蝶接到段沉的电话，顾不上耽搁，放下手中琐事，立刻飞奔下楼。

蓝色敞篷超跑，久违得恍如隔世。

驾驶座上，段沉戴了副墨镜，听到脚步声，抬起头，嘴角微微勾起，轻佻又不羁的模样，朝她招招手。

刹那间，岑蝶的笑意再也潜藏不住。

“段沉！”

她像只兔子一样跳上车，再迫不及待地扑进段沉的怀中。

段沉身上，依旧是那种清淡好闻的薄荷味道，宛如罂粟一样叫人上瘾。

要不然，怎么会只是短短几天没见，却让她辗转思念至此呢？

相比起岑蝶这种失控的撒娇，段沉倒是平静，脸上挂着笑意，一只手搂着她的背，拍拍她的脑袋，温声说道：“小蝴蝶今天好热情。”

岑蝶未出声。

“好啦，这不是来接你了吗？乖。”

只这一句话，岑蝶就将心放回肚子里。然而，尚未等她开口，不远处，一道声音迟疑地响起：“……岑蝶？”

岑蝶浑身一僵，猛然扭过头去。

果不其然。

是张晴。

这个时间点，张晴应该还在棋牌室。

不过，此刻，她身边站了几个阿姨，都是熟悉面孔的牌搭子。

几人一块儿出现，应该是局散了，或是要换地方了。

谁想到，竟然能刚好撞见。

岑蝶有些不知所措，手指蜷缩，紧紧拽着段沉衣摆，怯怯喊人："妈……"

在没有人看得到的位置，段沉安抚般拍了拍手背，而后凑过去，用只有两人能听到的声音说："下车打个招呼。"

在几个阿姨灼热的视线中，两人双双下车。

张晴已然迎上来，表情十分热情。

"啊呀，岑蝶你这孩子，朋友来了怎么也不提前跟妈说？要不是你徐阿姨刚刚路过看到你，跑来跟我讲了一声，我特地出来确认，我们不就怠慢了嘛……"

她絮絮叨叨，话虽是对着岑蝶，眼神却直愣愣地瞧着段沉，间或还要在后头超跑上停留会儿，似是揣摩着什么。

岑蝶蹙起眉，条件反射就想挡在段沉身前。

段沉倒是不以为意，轻轻拨了她一下，冲她摇摇头，示意。

接着，他抬起头，朝着张晴颔首："您好。初次见面，我是段沉。"

段沉人高马大，气质矜贵逼人，极有上位者气势，哪怕只是站在那儿，硬生生也把周围环境衬得杂乱不堪了些，颇有些与之格格不入。

后头那几个阿姨都有些惊诧，明显互换了眼神。

唯独张晴，恍若未觉似的，满脸笑意：“好好好，段先生，你好。我是岑蝶的妈妈。你是来找岑蝶的吧？走吧走吧，上家里去，一起吃个饭啊！”

岑蝶：“不用了妈，他……”

张晴打断她：“什么不用的！小孩子家家你懂什么？怎么能不留人吃饭？一点礼貌都没有。”

张晴明显是醉翁之意不在酒，但盛情之下，岑蝶也不好当众下长辈的面子。

岑蝶咬了咬唇，为难地看了段沉一眼。

段沉倒是坦然，用力握了下岑蝶的手腕，平和道：“多谢阿姨，那就打扰了。”

牌局就此解散。

张晴指挥岑蝶在买菜软件上下单买菜，领着两人回家。

走进楼道后，岑蝶收起手机。

段沉落后几步，便听到岑蝶在后头低声说：“段沉，你生气了吗？”

他心下好笑，扭过头，反问：“我为什么要生气？”

“……因为突然打乱了你的计划吧。”

而且，还让他到这种地方来吃饭，还要忍受一些邻里的窥探目光。

段沉：“没有，今天的计划就是来接小蝴蝶。本来时间都是留给小蝴蝶的。”

说话的工夫，张晴已经打开大门，让两人进去。

“不用换鞋不用换鞋！直接进来就好！”说着，她又看了一眼段沉手腕上的手表。

段沉面不改色，任凭她打量。

张晴：“刚刚有外人在，不好直问。段先生，你是我家岑蝶的男朋友吧？”

段沉微微一笑：“是。”

张晴：“你多大了？应该不是学生吧？”

岑蝶眉头皱得死紧，想打断，却又被段沉紧紧握着手，千辛万苦才忍耐下来。

段沉答道：“按虚岁算三十。”

张晴“哦”一声，咄咄逼人：“那你俩差得还挺大啊。有计划结婚吗？总不能让我家小姑娘这样不明不白地跟着你，说出去多难听啊。”

这话一出，气氛倏地沉默下来，直直坠落到谷底。

岑蝶心脏都被紧紧揪起来，眼里氤氲了水汽：“妈！你在问什么啊？不是吃饭吗？”

闻言，张晴不赞成地瞥了岑蝶一眼。

不过她也没再多说什么，朝段沉笑笑，兀自走进厨房，把空间留给两人。

气压似乎有点低，说不上原因。

岑蝶觑了觑段沉的表情，睫毛轻颤几下，深吸一口气，开口：“房子有点小。抱歉。”

幸好她昨天刚刚整理过，虽然老破小，到底还算整齐。若是往日，家里定然是天翻地覆。

指望张晴来打扫，那几乎是不可能的。

段沉很绅士，并没有四下打量，只微微一笑：“小蝴蝶，别紧张。”

肉眼可见，她有多拘谨。

闻言，岑蝶脸颊泛出淡淡绯红，连忙掩饰地说：“要不去我房间吧？”

客厅小，和厨房也只有玻璃门隔断。张晴还在备菜，无论他们说什么，她在里头都能听到，总归有些束手束脚。

段沉点头：“好啊。”

两人前后走进卧室。

岑蝶的房间很小，朝北。时值冬日，阳光也不好，难免有些阴冷感。

她让段沉坐在写字台边，再连将油汀拖出来，打开，推到段沉旁边，自己则坐到床边，撑着脸，苦恼地与他对视。

“对不起，没想到会变成这样……”她喃喃。

段沉：“小蝴蝶为什么又要道歉？”

岑蝶抿了抿唇：“就是，我妈她总是这样，会问一些没有分寸感的问题。你别放在心上。”

她不想深思刚刚段沉那个冗长的沉默，代表了什么意义。第一反应，只是不想尴尬。

岑蝶不想面对任何未知。

哪怕心如明镜。

哪怕如此。

闻言，段沉挑眉轻笑，说：“没关系，我不介意。”

这顿饭吃得没滋没味。

全程，只有张晴一个人在喋喋不休。

段沉应和几句。

岑蝶则是一言不发，闷着头出神。

菜肴再香，挡不住人心情低落，食欲全无。

结束后，有张晴在，岑蝶也没法跟着段沉一起走，只能先送他到小区门口。

段沉摸了摸她的头发：“小蝴蝶不高兴吗？”

“……没。”

“乖乖，别不高兴。订的后天的航班，后天早上我就来接你，好不好？”

岑蝶抿起唇，怔怔点头：“好。”

夜幕低垂，迈凯伦呼啸离去。

路灯将影子拉得老长，岑蝶踩着影子，蜗牛似的挪回家。

推开门，张晴没有去打麻将，正坐在沙发上等着她。

听到开门声，第一句话就叫岑蝶顿住。

她平静地说："这男的跟你不会有未来的。你趁着现在多从他身上捞点吧，别白白搭进去时间，像个傻子一样。"

岑蝶未出声。

张晴嗤笑一声："怎么，不相信你妈的眼光吗？"

岑蝶不乐意听这种冷嘲热讽，疾步往房间走。

身后，张晴还在继续："别看你妈不靠谱，看人是很准的。这男的，是有利可图，但你如果想法很天真，我劝你还是趁早分手，换个更有希望的。他的面相就不是那种老实人，你别看人现在对你千好万好的，等你触及他的利益的时候，什么都会排在你前面。岑蝶，你还是高才生呢，别给人骗得晕头转向，最后什么都没捞着……"

"嘭！"

房门被重重合上，声音却无法完全隔绝。

岑蝶靠在门板上，握紧了拳头。

正月初八，两人回到京市。

一下飞机，风雪扑面。

猝不及防间，岑蝶忍不住哆嗦了一下。

下一秒，围巾从天而降，携带着温暖，还有淡淡的薄荷清香。

段沉替她围好围巾，稍作整理，笑问道："冷吗？"

"还好。"

段沉勾勾唇："一会儿允许小蝴蝶打顾庭山一顿。叫他谎报军情。”

今天是由顾庭山开车来接他们，并且在十分钟前，顾庭山就发来消息，说已经到机场外面，不打算开进停车场绕圈，让两人“屈尊降贵”往外走几步。

结果，半天过去，连车影子都没见着。

岑蝶笑：“那他还手怎么办？”

段沉：“他不敢。”

两人说笑几句，顾庭山总算驱车姗姗来迟。

“段少爷、小蝴蝶，哎呀，等很久了吧？快上车快上车。”

段沉：“你还可以再久一点。”

话虽如此，语气倒也没有几分愠怒之意。

顾庭山并不以为意，帮忙把两人行李搬上车，顺口说：“小蝴蝶别生气，今天带你去个好玩的地方。”

岑蝶兴致不高，但还是打起精神，问：“什么好玩的地方？”

“哥带你泡温泉去。”

温泉山庄在市郊，再远一点点，差不多就要离开京市地界。

等三人抵达目的地，天色已经彻底沉下来。

顾庭山把车钥匙扔给门童，带着两人往山庄里走。他边走边问：“小蝴蝶，我和你段沉哥哥有点话要说，你能不能自己玩一会儿？”

岑蝶点头，揉揉眼睛：“我想先睡一会儿。”

闻言，顾庭山便让人带她去房间，临走前，还不忘嘱咐道：

“想吃什么想玩什么都随意点哈，自家酒店，不要拘束。”

岑蝶抿出一抹轻笑，朝两人摆摆手，率先回了房间。

这一觉，睡得十分沉。她睁开眼睛时，恍然有种不知今夕是何夕的感觉。

岑蝶从床上坐起身，缓了一会儿。

窗外一片漆黑。

房间里静悄悄的，段沉还没有回来。

她捞起手机，看了眼时间。

晚上九点二十分。

竟然才过去一个多小时。

房间里就有私汤，但因为比较小，总没有泡温泉的那种感觉。

岑蝶想了想，决定自己去外头的大汤池泡泡。

因为不认识路，她打了内线，找服务生来帮忙带路。

服务生态度毕恭毕敬，将人领到露天汤池。

“这里是段先生的私汤，没有其他客人会来。女士，您轻便。如果有什么需要，里面也有内线，可以联络我。”

岑蝶朝他低声道谢，接着，换了衣服，下到温泉里。

泉水温度宜人。

天地之间，寂静无声。

她满足地喟叹了一声。

然而，不过片刻，倏地，外头传来踢踏脚步声，渐行渐近。

岑蝶骤然一惊，条件反射地往石壁阴影处退去。

布帘外，顾庭山的声音响起：“……反正这点小事，顺手就解决了，都用不着走老爷子的路子。”

接着，是段沉：“嗯。”

顾庭山笑了笑：“再喝点吗？我让人送瓶清酒过来。”

“随你。”

“要不要叫小蝴蝶下来一块儿？”

段沉：“她没回我消息，可能还在睡。”

寥寥数语的工夫，两人已经挑开布帘，走进汤池区域。

不过，许是为了营造氛围感，汤池边只挂了几盏灯笼，影影绰绰，没什么照明能力。

两人没有发现藏在角落的岑蝶，各自从另一端下水。

水声消停后，顾庭山继续说：“今年过年，你家老爷子找我问话了。”

“问什么？关于小蝴蝶？”

“想什么呢。”

顾庭山笑了一声：“老爷子可不会把小蝴蝶放在眼里，他只在乎咱们段少爷有没有走岔路。是问我你最近有没有结婚的打算，毕竟咱们都三十了，老爷子那边好像有点想法。”

段沉不以为意，哼笑：“老爷子年纪大了，就爱操心这些事。你怎么说的？”

“说你还想玩几年呗。不过，段少爷，说真的，按照现在这种形势，老爷子肯定是按捺不住。你不肯往那条路走，又不肯结婚，他也是担心过几年做什么都束手束脚了。你不听他的，现在没什么，但老爷子不是只有段叔一个儿子。你还想再被‘流放’一次吗？”

沉默须臾，段沉声音变得慵懒几分：“以后的事，再看吧。”

顾庭山：“嗯哼？船到桥头自然直？”

“……嗯。”

“那蝴蝶呢？你打算怎么安排她？”

段沉有些无奈，轻轻叹气：“总归会安排好的。”

“说起来，你们俩也够久了，算是咱段少爷历任里最久的吗？”

“差不多。”

顾庭山很好奇，追问道：“难道，你就没想过为小蝴蝶抗争一回？这叫什么来着？‘为了你，放弃整个世界？’”

段沉笑起来。

顿了顿，他开口：“顾庭山，能问出这话，我看你是疯了。”

阴影里，岑蝶听到这句话，陡然心悸。

她尽可能将气息压到最低，但依旧压不住想要流泪的冲动。

幸好，温泉池够大。

岑蝶在距离他们最远的地方。

水声稀里哗啦，段沉和顾庭山没有注意到她这边。

岑蝶捂着脸，努力将自己缩成一团。

或许，真正的悲剧是有预见性地慢慢走向消亡。

闭上眼睛、捂住耳朵，依旧拦不住它的到来。

终章 蝴蝶来信

我送你的折纸玫瑰，它还在吗？

——岑蝶

温泉这夜，直到最后离开，段沉和顾庭山也没有发现岑蝶的存在。

然而，岑蝶心中却埋下了怀疑的种子。

段沉观察力那么强，心思又细，怎么会没有注意到她心情低落，又怎么会被她“随便转转”这种说辞敷衍过去。

她忍不住怀疑，两人在池子那番话，大抵本身就是说给她听的。

是警告吗？

还是规劝呢？

或者，是不是因为张晴几天前那句话，让段沉感觉到她母亲咄咄逼人的可能性，所以提前给她做好心理准备？

事实上，对于岑蝶来说，这压根就是多此一举。

她只是爱段沉而已，只是想待在他身边。

她从来不会痴心妄想什么。

但亲耳听到段沉那样坚定的答案，对于一个刚刚二十出头的小姑娘来说，依旧无法避免地会伤心不已。

可是，岑蝶还得继续装下去。

否则就有可能失去段沉了。

转折发生在段沉生日前夕。

因为是三十岁，整生日，不可避免要大操大办一场。

岑蝶早早准备好礼物，只等他生日那天到来。

然而，前一夜，酣畅淋漓的性事过后，段沉却轻描淡写地说了一句：“小蝴蝶，抱歉，明天不能带你去。”

岑蝶明显愣了愣。

段沉低声耐心地同她解释道：“明天的晚宴，家里长辈都会参加。那种场合，情况会比较复杂。等结束之后还有朋友聚会，我再来接你过去，好不好？”

语气宛如诱哄，迷人心智。

但岑蝶最近实在敏感，愣是从字里行间，解读出些许深意来。

他可以带她去见所有的朋友，但不能带她见他的家人。

原来是这个意思。

岑蝶勉强牵了牵唇角，闷闷地“嗯”了一声。

段沉支起身，薄唇轻抿，蹙着眉注视她。

“小蝴蝶不高兴了？”

“……没有。”

“说实话。”

话音落下，倏忽间，岑蝶觉得大脑有些充血，一股劲儿冲上来，像是心里的野兽彻底出笼，不再受理智控制。

她也跟着坐起身，揿亮台灯，与段沉对上视线，接着，一字一顿地喊他：“段沉。”

“嗯。”

“总有一天，你会结婚的吧？”

段沉没说话，眼神却陡然凌厉起来。

岑蝶没有退缩，平静地继续问道：“那我呢？那时候，我该怎么办？”

四目相对。

房间内，气氛沉入海底。

良久，段沉终于开口：“小蝴蝶希望我怎么做呢？”

岑蝶被他问得愣住，眼睛也不自觉瞪得老大。

段沉伸出手，箍住她下颌，指腹在她皮肤上轻轻摩挲几下，似是无尽缠绵。

他说：“一直喜欢你，只喜欢你，这样可以吗？”

岑蝶未出声。

“还是说……小蝴蝶希望同我有一个世俗意义上的完美结局？嗯？”

说话间，岑蝶眼眶开始发烫。

她突然开始后悔，为什么要被迫面对这种赤裸裸的现实。

到底是为什么要追问呢？

好好答应下来，今天就会和平日一样，是一个气氛很好的夜。

会完美结束，不是吗？

…………

眼泪不受控制，垂直下落，打到段沉的手背上。

下一秒，他像是被烫到一般，蓦地收回手，好像失了从容，连视线都开始回避她。

岑蝶吸了吸鼻子，哑着嗓子，低低开口：“你是不是觉得我太不懂事了，明明心里清楚，就不该问这种问题让你为难。可是，难道要一直一直，做你的情人吗……现在是女朋友，如果你真的结婚了，我是什么？是情妇吗？”

她当然知道，无论发生什么，段沉都不可能亏待她。

可是，随着时间的推移，她开始变得贪心了。

她想要他的人、他的爱，想要他全部属于自己。

“段沉，为什么不看我？我的眼泪，难道只是你的战利品吗？”

闻言，段沉合上眼，长长叹了口气。

这场对峙，算他输了。

“明天，我带你去。”

次日，暮色四合时分。

意料之中，岑蝶的出现，惊呆了一众宾客。

这可不是魏佳上那种玩闹性质的生日宴，有段老爷子正场，就是表态的风向标。出席的宾客每一个都身份尊贵，且立场坚定。别说女朋友，哪怕是哪位客人的未婚妻，没有接到邀请，也无法入场。

偏偏，主人公却带来一个没名没姓的小丫头。

全场哗然。

岑蝶只是出场，就极易引起一些猜测，被人深究。

各种窥视的目光落到她身上，像是利剑一样，没有留给她丝毫余地。

刹那间，岑蝶萌生退意，却又已经来不及了，整个人仿佛被架在火上，无处可逃。

前方，段沉停下脚步，正欲开口安抚，却又被人打断。

侍者走到他身边，同他耳语几句。

段沉别无他法，只得将岑蝶交给顾庭山，再悉心嘱咐道："帮我照顾一下小蝴蝶，我马上回来。"

顾庭山："老爷子？"

"嗯。"顿了顿，段沉再转向岑蝶，"小蝴蝶，别害怕。等我。"

说完，段沉快步离开，留下顾庭山和岑蝶面面相觑。

事实上，这种情形，早已不是第一次发生。

顾庭山习以为常，耸耸肩，将岑蝶带到旁边休息间，认真开口道："小蝴蝶，你不该来的，这样会让段沉很为难。你可能也觉得不好受吧？被人指指点点。"

岑蝶猛地喝了一口水，重重叹气。

"我也发现了。"

另一边，段沉则是被叫到老爷子面前。

"祖父。"

进门时，段老爷子撑着拐杖，正望着窗外，听到动静，才"嗯"一声，转过身来。

"段沉来了。"

他两鬓斑白，精神矍铄，目光如炬。

说话语气不咸不淡，但极有气势，丝毫没有普通老人那种和蔼的味道。

段沉和老爷子站在一处，无论是长相，还是气场，乃至为人处世、说话方式，都有点如出一辙的意思。

因此，哪怕家里孩子不少，段沉一直也是老爷子最重视的孙辈。

“那个女孩也来了？”

段沉面不改色，心下却是一沉：“是。”

老爷子直直地盯着他：“倒是没想到，我们段沉也有这么不清醒的时候。你应该知道，带她参加家宴，代表了什么？还是说，你已经决定好了？”

段沉未出声。

“你应该很清楚，我们这样的家庭，绝对无法接受一个杀人犯的女儿。哪怕只是作为你的女伴出现。对吧？”老爷子笑了笑，杀伐决断，不容辩驳，“要么送走她，要么你就回海市去，再也别回来了。丢人现眼。”

回程的路上，段沉明显心不在焉，原本安排好的朋友聚会也没了下文。

岑蝶坐在旁边，有些怯怯，时不时投以小心翼翼的目光。

很快，段沉察觉到她的异样，朝她牵唇轻笑，顿了顿，又顺手摸摸她的脑袋。

岑蝶松了口气，也回以一个笑。

不过，她并没有出声说些什么来打破这种微妙气氛。她想了想，从旁边随手拿了张便笺纸，低下头，开始慢吞吞地叠纸，打发时间，也试图让自己心情平静下来。

不多时，便笺变成了一只纸蝴蝶，看起来栩栩如生。

岑蝶端详了数秒，将折纸蝴蝶放到段沉手掌中：“生日礼物的附加品。”

段沉笑起来，但笑意并不达眼底。

他问：“新学的？”

“嗯。”岑蝶点头，抿了抿唇，又问道，“上次送你的折纸玫瑰，你还留着吗？”

闻言，段沉微微一怔。

倏忽间，他想到了什么，目光变得悠长而薄凉。

万千情绪，如同流绪微梦，尽数掩藏在眼底，被鸦羽般的睫毛密密实实地挡住，不让人窥见半分。

这时候，应该要骗她才对。

骗她才是最好的。

段沉没有犹豫太久，很快，做出抉择。

他侧了侧脸，淡声作答：“抱歉，已经扔了。”

岑蝶怔忪半秒，陡然露出些许受伤神色。

不过，她回过神来，当即敛起表情，笑道：“那个确实不太好看，下次我用红色的纸叠，应该会更逼真一点。”

段沉点头：“好。”

“生日快乐。”

“谢谢我的蝴蝶。”

两人之间，再次陷入沉默。

车窗外是无边夜幕。光影明灭中，段沉调转视线，不自觉攥紧了掌心的折纸蝴蝶。

转眼，临近暑假，C 大交换生项目如火如荼地开始。

早先，系里已经通知，岑蝶他们班上有五个人入选，让他们提前准备好材料。走了一轮又一轮流程，参加完各种面试，最终，两个人因为各种原因放弃或淘汰，定下三个交换生名额。接下来，只等学校对接安排好，就能出发前往异国交流。

因为这件事和岑蝶没什么关系，她也只是听姜亦可在寝室里说了几句，便抛到脑后，没再过多关注。

万万没想到，假期开始第一天，段沉回到家，给她带来一沓资料。

他平静地丢下一个重磅炸弹，相当干脆。

“小蝴蝶，去留学吧。”

这会儿，岑蝶正在看电影，听到这句话，乍然间，甚至都没有反应过来：“啊？”

段沉：“已经帮你安排好了，去 PU。之前，小蝴蝶不是对我的毕业院校很惊讶吗？现在送你去做我的校友，好不好？”

他语速不紧不慢，和往常无异。

但岑蝶听了，却觉得脑子里一片混乱。

她声音有些难以置信：“我什么时候说要留学了？”

闻言，段沉蹙了蹙眉，嘴角抿起。

这样看，颇有些距离感。

“现在是很好的时机。而且，PU 的政治学院也是世界前列。小蝴蝶，你不想看看外面的世界吗？”

“……这是重点吗？段沉，你为什么要为我做决定？为什么要替我安排这些？你问过我的意见吗？”

她从没有用这种语气同段沉说过话。

然而，段沉也没有生气，只是那般平静地看着她。

顷刻间，岑蝶反应过来。

“是分手的意思吗？段沉，你不要我了吗……是因为上次我非要去参加你的生日宴吗？对不起，我以后再也不会了。段沉，别把我送走。求你。”她颠三倒四地说着，声音带了哭腔。

段沉终于叹了口气，伸手，摸了摸她的头发，喊她：“岑蝶。”

岑蝶没有说话。

“你看着我。”

岑蝶抬头看去。

段沉温声说：“很抱歉，我没能守护好你。有些事，就算是我，也有心无力。”

他可以为她沉沦，可以为她破格，但注定不能脱轨。

也许，段沉心里很清楚，从本质来说，他就是一个薄凉的人。

很多东西没有办法放弃，那就只能放弃另一些。

“我答应过你，会给你最好的。你不想受到流言蜚语的困扰，那就走得越远越好。毕业之后，如果你想继续深造，我也会为你安排好，不用担心钱的问题。”

这么几句话，岑蝶已经听懂了他话中的深意。

不。

或许从更早之前，从她踏入这个光怪陆离的世界时，内心已经预料到了这一天。

只是没想到，这一天会来得这么快。

“如果这次你赶我走，从今以后，我都不会再回头了。”岑蝶眼睛红红的，像只兔子，戚戚地看着他，语气却坚定，“我再爱你，也不能招之即来挥之即去。段沉，这世界上没有这样的道理。”

沉默良久，段沉转开目光：“去吧，小蝴蝶。别再回来了。”

他打开了困住蝴蝶的玻璃瓶。

得知岑蝶要去PU后，室友和同学都一片震惊。

毕竟，系里那个交换生项目，也只是交换到普通国外高校。她不声不响，竟然能进藤校交流，连学校手续都办下来了，效率极快。

一时之间，各类猜测喧嚣而上。

最多的，当然是关于她那个神秘男朋友。

不过，这回，岑蝶没心思，也没必要再关心这些了。

是顾庭山送她去机场的。

段沉没有出现。

准确来说，那天之后，他离开了那套房子，没有再出现过。后面有什么事，都由段沉的某个助理代劳出面，为岑蝶全数安排好，面面俱到。

岑蝶从没见过段沉这样干脆的人。

不接电话，消失无踪。

绝不给她任何机会。

甚至，午夜梦回独处之时，岑蝶都开始忍不住怀疑，自己是不是被戏耍了。

是不是，她只是一个生活里的调剂品。

和妙妙一样。

和姜挽倪说的一样。

说到底，这场感情里，只有自己傻傻地陷进去，无法释怀。

她就是个傻子。

但是那又能怎么办？

“……小蝴蝶？小蝴蝶？”身边，顾庭山见她没反应，连连喊了几声。

“嗯？”岑蝶终于反应过来。

顾庭山：“差不多要去安检了，咱们走吧？”

“你也一起？”

顾庭山笑起来：“是啊，我也要去一趟，有点工作。顺路，是顺路哈，不是特地送你过去的。”

他这么强调，反倒让岑蝶心下一紧。

是为了监督她有没有半路反悔吗？

不过，这也不重要了。

她低低嗤笑一声，点点头，率先迈开步子，大步往安检方向走去。

顾庭山耸耸肩，快步跟上。

很快，两人顺利登机。

直到飞机起飞，逐渐在云层中平稳下来，顾庭山才又开口：“小蝴蝶。”

岑蝶循声望去。

因为是头等舱，两人的座位虽然是隔壁，但隔得还是有点距离。这便促使顾庭山的声音，在轰鸣中，显得不甚清晰，有点像是幻觉。

他说：“你别怪段沉。”

岑蝶抿了抿唇，垂下眼。

顾庭山叹气：“送你走是老爷子亲自下的命令。他已经拖了很久，老爷子那边不高兴了。

“蝴蝶，我把这件事告诉你，是希望哪怕你们分手了，你也别误解他。段沉说过，如果可以，他是想把你一直放在身边的。但是有些事，并不是个人意愿就可以达成。像我们这种家庭，说句不好听的，看似光鲜亮丽，实则举步维艰。行差踏错，就是万劫不复。

“老爷子不可能让你成为段沉的小辫子，让他被人诟病。他不做，老爷子也不会放着不管。

“抱歉，这话听着很像是狡辩吧？

“但是小蝴蝶，段沉的人生，注定就要这样度过。你也不想看他变得落魄，跌落泥潭，对不对？”

岑蝶一直没有说话。

顾庭山再次叹息一声，回过头，也不再多嘴。

耳边安静下来，岑蝶默默合上眼。其实，她心里也知道，段沉应该已经很喜欢她了。或许，也把最多的爱都给了她。

但是，也仅仅只能到这里。

只能这么喜欢。

不会，也不能有更多。

他高台静坐，身下却是百尺危楼，摇摇欲坠，一个不慎就是粉身碎骨。

蝴蝶的翅膀载不起这份沉重。

张晴的话一点都没说错，在名利与感情的抉择中，段沉选择放弃她。理智且薄凉，叫人害怕。

岑蝶愿意坦然接受这个结局，只是因为，她了解段沉。无论她怎么努力，他们都不可能走到最后。

伸头也是一刀。

缩头也是一刀。

岑蝶扭头望向窗外。

外面，是暗不见底的夜空。云层层层叠叠，连绵不断。

她突然想到几年前的一个夜，男人站在门边，朝着她挑眉轻笑。

“嗨。小朋友。”

…………

硕士毕业第一年，岑蝶没有回国。

工作岗位要求太高，又是在异国他乡，同事难以沟通。对于人生新阶段，难免水土不服。一切的一切，都令人焦头烂额。

夜深人静，岑蝶结束加班，揉了揉脖子。

微信里，躺着一条新信息。

姜亦可：岑蝶！我要结婚啦！不管你能不能回来，反正请柬发你邮箱了！你来不了也得打开欣赏一下我的婚纱照哈！

岑蝶一愣，继而忍不住轻笑出声。

原来，屡变星霜、风流云散，从来不是小说里的描写，而是切切实实发生在每个人、每一刻的人生里。反应过来时，居然已经过去那么久了。

顾不上感慨，她先回了个“好”，接着，才去打开邮箱。

姜亦可发的这个邮箱是她在国内上学时用的，到PU这边之后，入乡随俗，又换了个新邮箱。

等于说，这个邮箱她已经有好几年没有打开过。

久违地输入密码，登录。

第一眼，全都是各类广告邮件。

岑蝶仔细找了一会儿，扒拉出姜亦可的电子请柬，欣赏许久，想了想，再给她发去一个红包。

岑蝶：抱歉啊，没法回国参加，但是红包可以送到。祝新婚快乐！

因为有时差，姜亦可应该还没有醒，并没有及时回复。

岑蝶并不以为意，锁上屏幕，继续整理邮箱。

将第一页广告删干净之后，她看到某封邮件，手指微微一顿。

那是段沉发来的邮件。

在两年前。

这个名字，岑蝶有很多年没有提起过，像是早已消失殆尽。

事实上，只有她自己知道。

千山万水，段沉从未离开。

她摸了摸手腕上从不离身的佛珠，深吸一口气，点开这封邮件。

里面没有内容，只有一段视频。

是一首钢琴曲，《致爱丽丝》。

视频画面里，没有露出弹奏者的脸。但只看一双手，她也能将这个人认出来。

这是他欠她的钢琴曲。

他们两清了。

数年之后，段沉收到一封从国外寄来的信。

信纸展开，却只有一句话。

谢谢你这么久以来的帮助。祝你余生一切都好。

段沉盯着这行字看了很久很久，久到天色一点点暗下来。

他点了一支烟。

烟雾袅袅上升，在烟头明灭的火星中，他知道，他的蝴蝶，再也不会飞回来了。

午梦千山，不过窗阴一箭。

写完最后一行，岑蝶放下笔，端详几眼，将信笺收起。

书上说，一只亚马逊热带雨林中的蝴蝶扇动一下翅膀，可以引起美国得克萨斯州的一场龙卷风。

同样，段沉只需朝她看一眼，她的世界就涌起惊涛骇浪。

但他们明明是两个世界的人。

她一直知晓。

这个结局，也算意料之中。

至于段沉到底有没有确切地爱过她，于岑蝶而言，全凭自己的猜想。既无从考证，也没有什么分别。

但没有关系。

终究，一切都会湮灭在记忆里。

哪怕爱这么短。

而遗忘却是这么长。

– 正文完 –

番外

致爱丽丝

亲爱的特蕾莎：

见信好。

很抱歉，他们将你的名字写错，将《致特蕾莎》的曲名记成了《致爱丽丝》，并且从未试图纠正。

我也是在查资料时，才知道这个背景故事。故在此称你的本名，望你不要介意。

几日前，机缘巧合之下，我与一名流浪的钢琴家相识。

当时，他正在街心花园演奏，那里有一架破破烂烂的旧钢琴。我给了他一百美金，希望他能每天晚上到这里来，教会我关于你的这首曲子。他答应了。

从小到大，我一直生活在命运的鞭笞之下，用一个中文成语来描述，就叫“水深火热”。我努力学习，也为学费疲于奔命，从未有机会学习钢琴，或是任何乐器。因而，也曾受过奚落。

那是来自另一个世界的奚落。

我清晰地知道，我永远不可能去那个世界。但因为那里有一个人，说要弹钢琴给我听，并给我邮来了《致爱丽丝》的钢琴弹奏视频。哪怕时过境迁，我始终无法忘记。

所以，我向钢琴家提出了那个请求。为此，我也需要每晚结束工作后，到街心花园去学习。

从很早开始，我在这里上学，又在这里工作。异国他乡，战战兢兢，做什么都难免辛苦。

我的工作很忙，加班是常态。虽然薪酬很令人满意，但时时刻刻会有一种即将要倒下的感觉。下班后再学习钢琴，似乎只会加重负担。

我的脸色应该很差。或者，我的手指偶尔也会颤抖。在黑白琴键的映衬下，所有疲惫都无所遁形。

钢琴家是个白人，眉眼深邃，瞳孔是蓝色的，像是倒映着大海，深情又忧郁。

他问我，是不是有忘不了的人，这首曲子又是否有特别的意义。

特蕾莎，你知道吗？我无法回答这些问题。但是，可以确定的是，无论那个人是谁，我都不会再见他。当然，我也不会给任何人弹琴。

不过是执念烧灰，余烬了了。

这些话，我不曾和任何人说过。我不想被任何怯懦打败。

除了你，特蕾莎。

你是不一样的。你是我的回忆里，最映丽的尘埃，带着他的体温，让我软弱，也让我坚硬，不会被任何际遇打倒。

《致爱丽丝》，我马上就会学会这首曲子了。

但除了你，我没有办法告诉任何人。

…………

落下最后一笔，岑蝶转了转酸软的手腕，将笔记本上的这一页撕下来，随手放入碎纸机。

碎纸机“嗡嗡”运作起来，毫无怜悯之心。

她咬着唇，怔忪地望着白色机器出神。

在遇到流浪的钢琴家那天白天，岑蝶在公司电梯里，看到了一个很像段沉的人。

说很像段沉，并不准确。她没有见到那人的脸，只是注意到他的背影。这个背影，无论是身高、身形，包括穿衣打扮的风格，都非常像当年的段沉。

对，当年。

她和段沉分开，出国念书，已经是多年前的事情了。而这会儿，她已从PU硕士毕业，是工作的第二年。

一切过往，仿佛褪了色的墨水纸，连说历历在目，都显得夸张。

但这道背影，唤起了岑蝶尘封的记忆，还有埋藏在心底深处的眼泪。

段沉，他现在还好吗？

岑蝶甚至不敢打听。

所以，当天晚上，在遇到那个蓝眼睛的钢琴家之后，她心血来潮，从钱包里拿出了一百美元。

“Please.”她垂下眸，低声恳求。

…………

岑蝶工作第四年的圣诞，公司放假。她没有回国，只是给张晴打了一笔钱，问她要不要来这边玩。得到对方拒绝的答复后，便作罢。

假期悠闲得让人觉得不习惯。

岑蝶干脆出门逛街，准备采购一些日用品，顺便再给自己买几身新衣服。

她已经不是多年前那个贫穷少女了，工资和奖金不仅可以cover（遮盖，足以支付）所有日常开支，还让她成了一个名副其实的小富婆，面对什么大牌，都可以落落大方，不再胆怯。

只是，距离想要纸醉金迷，还有很远的距离。不过这也无所谓。

在Gucci专柜，岑蝶遇到了一个意料之外的人。

“小蝴蝶？”显然，顾庭山和她一样惊讶，“这么巧？”

岑蝶愣了愣，停下脚步，勉强笑起来，点头应答：“……是蛮巧的。好久不见了。”

顾庭山同身边的女伴低语几句，接着，便大步朝岑蝶走来。

他还是以前那样，纨绔子弟，放荡不羁的随性模样。他们这个圈子，大多如此。

顾庭山主动开口：“你在附近工作吗？”

岑蝶摇头：“没有，放假了，出来逛逛街。”

闻言，顾庭山笑笑：“这几年没回过国吗？”

“嗯。”

“那……”

岑蝶似乎预料到他要说什么，当即出声，截断对方未尽之言：“别问。”

顾庭山未说话。

岑蝶眨了眨眼睛，似是坦然，又似是无奈：“没联系过，也不想听。”

她不想知道段沉的近况，也不想知道他结婚与否，甚至因为自己的鸵鸟心态，连这个名字，都不想再听到。

顾庭山了然。

两边都是聪明人，既然没有打算有什么深入对话，简单客套地寒暄几句后，便就此作别。

这个小插曲，顺利了无痕迹地略过。

不过，顾庭山回国之后，还是把这件事告诉了段沉。

这几年，段沉脾气日渐沉稳起来，不动如山，心思也重了许多。

他觑了顾庭山一眼，似笑非笑的模样：“你想听我说什么？”

顾庭山：“我看小蝴蝶分明还没有释怀嘛，很显然，你也没有。既然如此，不如再续前缘？反正只要不结婚……”

段沉摆摆手：“以后别再说这件事了。”

如果此生，有什么事情能让段沉感觉到后悔的话，应该逃不了“岑蝶”两个字。

他曾经感觉到后悔，不该让事态发展到失控的地步。

在她从他的公寓离开的那一晚，就应该干脆利落地结束。后面什么都不要发生就好了。

这样就好了。

蝴蝶冲破了重重桎梏，破茧重生。

他绝不能把她抓回玻璃瓶里。

- 番外完 -

去吧，小蝴蝶。

别再回来了。